목욕탕

목욕탕

Das Bad

다와다 요코 지음
최윤영 옮김

차례

01

.

인간의 몸은 팔십 퍼센트가 물로 이루어져 있다고 한다. 그렇다면 거울 속에 매일 아침 다른 얼굴이 비치는 것도 이상한 일은 아니다. 이마와 뺨의 피부는 매 순간 그 아래에서 흐르는 물의 움직임에 따라, 달라지는 늪의 진창과 그 위에 발자국을 남기는 인간의 움직임처럼 변한다.

거울 옆에 있는 액자에는 내 얼굴 사진이 걸려 있다. 나는 거울 속 모습과 사진 속 모습을 비교하는 것으로 매일 일과를 시작하고 이 차이를 화장으로 고친다.

사진의 신선한 느낌과 비교해 보면 거울 속 내 모습은 핏기가 없다. 마치 죽은 사람처럼. 그래서 거울의 액자 틀은 내게 관의 틀을 연상시킨다. 촛불의 불빛 아래에서 나는 내 몸의 비늘을 발견한다. 작은 풍뎅이 날개보다 더 작은 비늘이 피부를 뒤덮고 있다.

나는 엄지손가락의 긴 손톱으로 이 비늘을 긁어낼 수 있었다. 비늘은 고등어 냄새가 났다. 비늘을 하나하나 긁어낸 뒤 잠옷의 단추를 열자 얼굴뿐 아니라 가슴과 팔에도 비늘이 자라나 있는 것이 보였다. 이걸 전부 다 손톱으로 긁어낼 수는 없었다.

나는 우선 목욕탕에 가 비늘을 물에 불린 다음 밀어내기로 결심했다.

옛날에 쌀농사를 지을 수 없던 산골짜기 어느 마을에서 있었던 일이다. 임신한 어떤 여자가 물고기 한 마리를 보고 배가 고파서 혼자 이 물고기를 날로 다 먹어버렸다. 마을 사람들과 나눠 먹을 생각을 하지 않고서 말이다. 이 여자는 예쁜 아들을 하나 낳았다. 그러나 나중에 여자의 몸에서 비늘이 자라나서 결국 커다란 물고기가 되었다. 더 이상 육지에서 살 수 없었기 때문에 여자는 강에서 홀로 외롭게 살아가게 되었다. 아들은 마을의 한 할아버지가 키워주었다. 어느 시대든 남자아이들은 싸움을 할 때 다른 아이 엄마를 흉본다. 아이들은 자기가 무슨 말을 하는지도 모르고 말싸움을 했다. "너희 엄마는 창녀야!"

"너희 엄마는 배꼽이 없어!"

그 아이는 항상 끔찍한 말을 들어야 했다.

"너희 엄마는 비늘 짐승이야!"라는.

어느 날 이 아이는 이 말이 이상해서 할아버지에게 물어봤다. "비늘 짐승이 뭐예요? 그리고 정말 우리 엄마는 어디에 있어요?"라고.

출생의 비밀을 알게 된 날부터 아이는 엄마를 어떻게 다시 사람으로 만들까 하는 문제로 종일 고민했다. 그 아이는 암석을 조그맣게 조각으로 부숴 논이 될 땅을 만들자는 생각을 하게 되었다. 쌀농사 지을 논이 마련되면 마을의 가난도 확실히 끝이 나리라.

아이는 강에 사는 엄마에게 찾아가 이 이야기를 했다. 엄마는 기뻐하면서 도와주겠다고 약속했다. 아이는 계획을 그림으로 그려 암석을 부술 자리를 정해 놓았다. 엄마는 큰 비늘로 뒤덮인 몸을 시도 때도 없이 암석에 들이받았고 결국 암석은 차츰차츰 부서졌다. 밤이고 낮이고 엄마는 몸뚱이로 쉬지 않고 암석을 들이받았다. 들이받을 때 떨어져 나온 비늘들은 피 묻은 벚꽃이 날리듯 하늘에서 춤을 췄다. 바로 이 때문에 벚나무 한 그루 없는 이 마을이 '벚꽃 마을'이라 불리게 되었다. 마침내 논이 만들어졌고 사람들은 이제 더는 배를 곯지 않았다. 그러나 비늘을 모두 잃어버린 엄마는 다시 매끈한 피부를 가지는 대신 피를 너무 많이 흘려 죽고 말았다.

나는 잠옷을 벗었다. 전화가 울렸다. 나는 벌거벗은 채로 수화기를 들고 아무 말도 하지 않았다.

"너야?"

한 번도 들어본 적 없는 어떤 남자 목소리가 물었다.

나는 잠깐 생각을 하고 나서 대답했다.

"아닌데."

"네가 아니면 도대체 너 누구야?"

나는 수화기를 말없이 내려놓았다.

이것이 오늘 내가 나눈 첫 대화였다.

나는 오른쪽 엄지발가락부터 천천히 뜨거운 목욕물 안으로 집어넣었다. 움직이지 않고 가만히 있으면 물이 아무리 뜨거워도 참을 수 있었다. 나는 두 눈을 감고 숨을 참은 채 긴 욕조 속에 머리끝까지 몸을 푹 가라앉혔다. 눈을 떠봤다. 물은 투명한 불처럼 떨고 있었다. 그 순간 물에 장사 지내는 것도, 땅에 장사를 지내는 것도 좋지만 화장은 싫다는 생각이 들었다.

욕조에서 나왔다. 비늘이 아주 부드러워졌다. 나는 때밀이 돌로 비늘을 밀어냈다. 비늘은 놀랄 만큼 쉽게 밀려 나왔다. 나 같으면 암석에 몸뚱이를 들이받는 일은 하지 않겠다. 아들이 없는 것이 얼마나 다행인지.

나는 다시 거울 앞에 섰다. 비늘은 사라지고 대신

코 위에 개미 머리보다 작은 조그만 여드름이 보였다. 나는 손톱 끝으로 여드름을 짜냈다. 하얀 것이 터져 나왔다. 변질된 마요네즈 냄새가 났다. 이 일은 한번 시작하면 중간에 그만둘 수가 없다.

…… 바깥에는 새들이 지저귀며 날개를 치기 시작했다.

서두르지 않으면 직장에 늦을 것이다. 나는 마지막 여드름을 짜냈다.

그 결과 남은 것은 매끈한 피부가 아니라 바람 빠진 풍선으로 가득한 인적 없는 사막 풍경이었다. 거울 속에서 내 등 뒤의 하늘이 점차 밝아왔다. 다시 전화벨이 울렸다. 나는 수화기를 받아들고 아무 말도 하지 않았다.

익숙한 목소리가 "저기, 나야"라고 말했다.

나는 누군지 알았지만 물었다.

"누구?"

"나야"라고 남자 목소리가 다시 말했고,

"오늘 밤에 집에 아무도 없지?"라고 이어 물었다.

"응, 열두 시까진 아무도 없어"라고 답했다.

어떻게 내가 오늘 늦어서야 집에 돌아오리라는 것을 알고 있었지?

나는 하얀 모래로 세수를 했다.

사막이 되어버린 내 피부는 이걸로 세수를 해야 다시 매끈하게 만들 수 있었다.

사람들은 이 모래가 공룡의 뼈로 만든 것이라고 했고 바다의 물결이 오랫동안 씻어내고 햇볕이 말린 뼈라고 말했다. 나는 이 뼈를 손바닥 위에 펴 바른 후 두 손바닥을 얼굴에 댔다. 손바닥은 살을 뚫고 내 뼈와 이야기를 시작했다. 나는 두 손으로 내 두개골의 형태를 정확하게 느낄 수 있었다. 빛으로 된 피부와 물로 이루어진 살 이외에 또 하나의 몸이 있었다. 그러나 내가 살아 있는 동안은 아무도 이 몸을 안아볼 수 없을 것이다.

때때로 나는 다른 사람의 두개골을 볼 수 있었다.

그런 순간에 나는 사랑에 빠졌다.

나는 우유 로션을 건조한 피부 위에 펴 발랐다. 내

거울 속 모습은 드디어 사진 속 모습과 비슷해졌다. 이 로션은 제약 회사에서 만든 것이 아니라 진짜 모유로 만든 것이다. 그래서 피부를 매끈하게 해줄 뿐만 아니라 전체적으로 진정시켜 주면서 동시에 강화시켜 준다.

메이크업을 끝낸 뒤 머리를 빗었다. 나는 꿈결 속에서 바람에 밀려 날아온 독버섯 종균과 날개 달린 풍뎅이 껍질을 머리에서 꼼꼼하게 빗어냈다. 어렸을 적 나는 머리를 되도록 빗지 않으려 했다. 머리가 점점 비어가는 느낌이 들어서 그랬다. 우리는 머리라고 말하지만 사실상 그때는 머리카락을 말한다.

"머리를 빗고 나서 높이 올려 묶어라!"

학교 선생님은 언제나 이렇게 말했다. 그 선생님은 아이들 머리카락을 끔찍하다고 생각했기 때문이다. 사람들은 머리카락 속에 비밀스러운 힘이 들어 있다고 말한다. 옛날에는 머리를 한 뭉텅이 잘라서 여행을 떠나는 사람에게 부적으로 선물을 했다. 사람들은 낯선 사람의 머리카락을 만지면 병이 나을 것이라고 믿었다.

어떤 마을에 대식가 여자가 살았다. 이 여자는 일을 열심히 잘했고 마음이 착해서 모든 사람에게 사랑을 받았다. 매일매일 이 여자는 남자들도 놀랄 만큼 많은 공기의 밥을 먹었다. 그러나 여자는 이 모습을 아무에게도 보이려 하지 않았다. 여자는 늦은 밤 혼자 가축우리에서 밥을 먹었다. 어느 날 저녁 어떤 남자가 몰래 이 가축우리에 와서 엿봤는데, 여자의 머리카락은 모두 뱀이었고 이것들이 밥을 먹고 있었다. 이 남자는 거의 실성한 상태에서 총을 가져와서 여자를 쏴 죽였다.

사람들은 머리카락이란 피부가 죽어 경화된 부분이라고 이야기한다. 내 몸 중 일부는 그러니까 이미 죽은 것이다.

02

거울 옆에 붙여놓은 내 사진은 크산더가 몇 해 전에 찍은 것이다. 어느 날 그는 라이카 카메라 세 대를 넣은 가방을 어깨에 메고는 내 앞에 나타났다.

이것이 사진사와 모델로서의 첫 만남이었다. 그때 크산더는 정치가 사진 찍는 것을 좋아한다고 말했다. 그러나 그걸로는 먹고 살 수가 없어서 그날은 어떤 여행사의 주문을 받아서 광고 포스터에 쓸 거리를 찾고 있다고 했다. 그는 나에게 자기가 직접 만든 명함을 건넸다. "Xander." 나는 이름의 첫 자인 X를 어떻게 발음하는지를 몰랐다(독일어로 X는 ks 발음이 나서

17

Xander는 크산더로 읽는다—옮긴이). 크산더는 이미 자기 가방 옆에 쪼그리고 앉아서 카메라와 그 외 부속품들을 꺼내고 있었다. 내 시선은 X에 못 박힌 것처럼 고정되어 있었다. 이 이름이 알렉산더를 줄인 말이라는 것을 알게 된 날까지 수학책에 나오는 "X는 어떤 값을 갖는가?"라는 질문이 나를 괴롭혔다. 그러면 '뒤박(Durchein)'은 '뒤죽박죽(Durcheinander)'의 준말인가? '다함(Mitein)'은 '다 같이 함께(Miteinader)'의 준말인가? 그것 말고도 더 끔찍한 단어가 있을 것이라는 생각에서 벗어날 수 없었다. 그러나 카메라의 눈이 나를 정면으로 쳐다봤을 때 나는 당황해서 시선을 피했다. 마치 내가 거울을 쳐다볼 때 누군가에게 딱 들킨 느낌이었다. 카메라의 플래시가 꺼진 후 나는 카메라 렌즈의 어두운 구멍만 바라봤다.

"겁먹을 필요 없어요. 카메라는 무기가 아니잖아요."

나는 마음을 편안하게 먹고 벽 속의 구멍을 보듯 카메라를 보려고 애썼다.

크산더가 말했다.

"카메라를 보세요!"

렌즈가 나를 잡으려고 했다. 내 두 눈은 빛으로 만든 물고기가 되어 공중으로 날아가려고 시도했다.

"포스터 사진을 찍으려 하는데요. 혹시 좀 더 일본풍으로 카메라를 보면 안 될까요?"

다시 플래시가 터졌다. 카메라는 부엌칼로 고기를 자르듯 시간을 얄따란 조각으로 저몄다. 이 조각들을 사람들은 손에 쥘 수 있다.

하나하나 보면서 먹을 수도 있다. 재미로 혹은 알리바이로. 그러나 무슨 이유로 알리바이가 필요하지? 나는 그때까지 살인 사건에 엮여 들어갈 것이라는 생각을 하지 못했다. 크산더가 말하기를, "눈은 카메라를 보고 있어야 합니다."

오랜 명성의 라이카 카메라가 나와 마주 선 상황에서 카메라는 내 눈을 들여다보고자 했다. 이 카메라가 심리 치료사처럼 내 영혼의 비밀들을 캐내고자 한다면 나는 아주 조용하게 지금처럼 그대로 있기만 하면 된다. 왜냐하면 나는 비밀이 없으니까.

그러나 이 카메라 렌즈는 내 피부를 잡으려 했다. 크산더는 명령했다.

"긴장 푸세요."

카메라가 목표물의 자세와 거리를 정했다. 크산더는 나에게 날카로운 목소리로 말했다.

"미소를 지어요."

나는 얼굴의 근육을 긴장시켜 미소로 만들려고 했지만 잘되지 않았다. 사람들이 사랑을 하면 얼굴은 일그러지고 자연스럽게 웃는 것이 되지 않는다. 그래서 그런가?

"왜 그렇게 사진을 많이 찍으세요?"

"그러면 잘 나온 사진이 있을 가능성이 커지니까요."

"카메라가 당신 것처럼 좋으면 한 방이면 되지 않나요."

"자, 말하지 마세요. 사진을 망쳐버립니다."

마치 치과에 온 것 같았다. 카메라가 나를 환자로 다루려 했다. 카메라는 내 몸을 종이에 인화시켜 죽음에게서 몸을 빼앗으려 한다. 플래시가 터졌다.

크산더는 말했다.

"자, 이것으로 충분할 거예요."

그의 얼굴이 정확히 카메라가 있었던 자리에 나타났다. 내 얼굴과 아주 비슷해 보였다.

며칠 뒤에 크산더가 카메라를 들고 내 집에 왔다. 그는 말했다.

"당신이 없던데요. 사진 위에."

"어떻게 그런 일이? 카메라가 고장 났었어요?"

"카메라는 괜찮은데요. 배경도 아주 잘 나왔고요. 그런데 당신만 없었어요."

한동안 우리 둘은 아무 말도 하지 않았다.

"아마 당신 감정이 충분히 일본풍이 아니라 그런 걸 거예요."

나는 놀라서 그의 얼굴을 쳐다보다가 물었다.

"진짜로 피부가 색깔을 갖고 있다고 믿나요?"

크산더는 웃었다.

"무슨 질문이 그래요. 아니면 당신은 혹시 색깔이 살에서 나온다고 생각하나요?"

"살도 마찬가지로 색깔이 없죠. 색깔은 피부 표면에서 빛의 유희로 생겨나는 거예요. 우리 안에는 어떤 색깔도 없어요."

크산더가 대답했다.

"그렇지만 빛은 당신들 피부 위에서는 우리들 피부 위에서와는 다르게 유희하던데."

"빛은 모든 피부 위에서 다르게 유희해요. 어떤 사람들이나 어떤 순간에나 어떤 날이나 다 달라요."

"그러나 그 문제만 해도 사람들은 모두 자기 안에 자기만의 소리를 가지고 있죠. 우리 안에요……."

"우리 안에는 아무런 소리가 없어요. 우리 몸 바깥에 있는 공기가 진동하는 것일 뿐이죠."

크산더는 고개를 숙이고 한동안 생각하더니 다시 얼굴을 들고 물어봤다.

"혹시 화장을 좀 해도 될까요?"

그는 내 얼굴 위에 하얀 크림을 바르기 시작했다. 아주 두꺼워서 나의 모든 땀구멍을 막아버리고 피부가 더 이상 숨을 쉴 수 없을 지경으로 말이다. 그리고 아주 가는 붓으로 내 입술의 경계를 그리기 시작했다. 발굴해낸 도자기 조각에서 흙을 제거하는 고고학자처럼 아주 조심스럽게. 그러고 나서는 내 입이 있는 자리에다 내 입술의 색과 전혀 구분되지 않는 붉은색을 발랐다.

"당신의 머리카락을 검은색으로 염색할게요."

"검은 머리카락을 왜 검은색으로 염색하죠?"

"염색을 하지 않으면 플래시 불빛에서 머리카락은 할머니의 흰 머리카락처럼 허옇게 나와요."

"그러면 플래시를 쓰지 말고 사진을 찍죠."

"플래시를 쓰지 않으면 나는 사진 못 찍어요."

그가 내 머리카락을 염색한 후에 크산더는 내 뺨위에 X라고 썼다.

"내가 어렸을 때는요, 소중한 것에는 모두 다 X를 써놓았어요. 그러면 내 것이 돼요."

그리고 크산더는 이 글자 위에 입맞춤한 뒤 나를 벽 앞에 세우고 총을 쏘듯 거리낌없이 플래시 스타터를 작동시켰다. X라는 글자는 내 살을 먹고 파고들었

다. 이 글자는 빛의 유희를 끝내버렸고 한 일본 여자
의 모습이 사진 위에 현상되었다.

03

사실 나는 사진 모델이 아니다. 나는 단지 자격증도 없는 통역사일 뿐이어서 툭하면 일거리가 생기기를 기다려야 했다. 매일 아침 몸단장을 끝내고 사무실에 가서 일거리가 들어오기를 기다렸다. 나는 하루 종일 전화를 기다리다가 오지 않으면 한 일도 없이 저녁에 다시 집으로 돌아왔다. 요청이 들어오면 위스키를 한 모금 마시고 일에 매달렸다.

그날 나는 일거리 요청을 하나 받았다.

일본 회사가 독일 파트너를 초대한 점심 식사에 같이 가면 되는 것이었다. 이 회사는 가시까지 포함한

생선을 통째로 조각으로 잘라서 통조림으로 만드는
기계를 수출하는 회사였다. 그 사람들은 오전에 전
화해 그날 병가를 낸 통역사 일을 대신해 줄 수 있는
지 물었다.

큰 호텔 레스토랑의 창문에서는 가까이에 있는 호
수를 내려다볼 수 있었다. 긴 탁자에는 각기 두 회사
의 대표 다섯 명이 아이들이 전쟁놀이를 할 때처럼
나란히 마주 보고 앉아 있었다. 나는 일본 측 회사의
사장 옆자리에 앉았다. 이 사장은 약간 등이 굽었고
머리를 세차게 끄덕이는 버릇을 가지고 있었다. 다른
편에는 독일 사람들이 앉아 있었다. 여자 두 명과 남
자 세 명이었다. 여자들 중 하나는 어깨를 훤히 드러
낸 블라우스를 입고 있었고 다른 한 여자는 딱 달라
붙는 치마를 입은 채 긴 다리를 꼬고 앉아 있었다.
둘 다 턱을 앞으로 내밀고 있었다. 그들은 여유롭게
천천히 눈을 깜박거렸다. 머리를 끄덕일 때면 입가에
작은 주름이 생겨났는데 그들이 하는 일이 지겹다는
듯한 인상을 만들었다. 그러나 그들이 턱을 다시 앞

으로 내밀면 이런 인상은 사라졌다. 일본 측에서는 정장을 입은 중년의 남자들이 앉아 있었다. 그들 중 한 명이 나에게 자기가 본 인상을 나지막한 목소리로 말했다.

"근데 저쪽 독일에서는 여자들이 일을 할 때도 저렇게 섹시하게 옷을 입네요……."

이 말 때문에 좌중의 침묵이 깨졌기 때문에 독일 사람들의 시선은 호기심을 가득 담고 나에게로 향했다.

한 명이 더 참지 못하고 물어봤다.

"저 사람이 뭐라고 해요?"

나는 아무도 하지 않은 말로 통역했다.

"저 오래된 도자기가 너무나 아름답다고요."

일급 레스토랑에서 일할 때면 나는 언제나 혀넙치 (Seezunge)를 주문했다. 혀넙치는 대구처럼 밋밋한 맛은 아니었지만 그렇다고 잉어처럼 기름지지도 않았다. 내게 그것보다 더 맛있는 유럽 음식은 없었다. 그러나 내가 혀넙치를 주문한 것은 맛 때문은 아니었다. 혀넙치라는 이름 안에 들어 있는 혀라는 말 때문이었다. 혀넙치를 먹으면 내가 말을 버벅거릴 때 다른 혀 하나가 나를 위해 계속 말을 해줄 것 같은 느낌이 들었기 때문이다.

하지만 이날은 모두를 위해 커다란 생선 한 마리를 주문했기 때문에 내가 혀넙치를 시킬 차례가 돌아오지 않았다.

웨이터가 식욕을 돋우는 술을 따라준 다음, 사장이 환영사를 시작했다. 제가 오늘 여러분 앞에서 환영인사를 하게 된 걸 큰 영광으로 생각합니다.

나는 머리를 숙이고 기계적으로 통역하기 시작했다. 문장 끝에서 머리를 들었을 때 일본 사람 한 명의 날카로운 시선이 금테 안경 너머로 나와 마주쳤다. 여자 통역사란 점령군에게 몸을 파는 창녀나 마찬가지야. 본국의 남자들에게 이런 여자는 증오의 대상이었다.

그들은 내 귀에 부어지는 독일어 단어들을 일종의 정자(精子) 같은 거라고 생각할 것이 틀림없다. "이런 속담이 있습니다. '이 세상에 우연한 만남이란 없다.

그럼에도 불구하고 우리의 만남에서 무엇을 만들어 낼지는 우리에게 달린 것이다.'" 오른쪽 끝에 앉은 독일 남자가 일본 사장을 뚫어지게 쳐다보다가 그 연설에 관심 있는 척을 하려 했다. 그러나 무심코 의자를 이리저리 움직이고 있다는 사실에서 그가 지루해하는 것을 알 수 있었다. "저는 우리가 앞으로도 성공적인 협력 관계를 유지하기를 진심으로 바라고 있습니다." 사람들이 건배했다. 왼쪽에 앉은 다른 사람들보다 나이가 적은 편인 독일 남자가 팔꿈치를 들더니 거울 앞에 선 남자 영화배우처럼 천천히 잔을 비웠다. 얼굴이 긴 일본 남자는 혀로 쩝 소리를 냈다.

"끝내주는 술이네."

딱 달라붙는 치마를 입은 여자가 눈썹을 모으더니 다른 쪽으로 시선을 돌렸다.

금테 안경의 남자가 속삭였다.

"여기에서는 식사할 때 그런 소리를 내면 안 돼요!"

"아, 그런가요."

"여자들이 그런 걸 좋아하지 않죠."

독일 회사 사장이 나에게 통역을 하라고 눈짓했다.

"어떤 술인지 묻네요?"

나는 또다시 아무도 하지 않은 말로 통역했다. 독일인은 만족해서 질문에 대답해 주었다.

나는 통역했고 일본 회사 사장은 깔보듯이 말했다. "이런 술은 도쿄에서도 살 수 있는데." 그다음 그는 나에게 호의를 베푸는 척 아버지같이 물었다.

"통역사님은, 혼자 사시나요? 빨리 일본으로 돌아와 결혼하지 않으면 부모님께서 걱정을 많이 하시겠네요."

수석 주방장과 조수가 커다란 생선을 가지고 왔다. 부상자를 들것에 실어 구급차로 나르는 것처럼 말이다. 물고기의 하얗고 부풀어 오른 배는 여자의 넓적다리같이 보였다. 생선을 식탁 한가운데에 놓았을 때 여기저기에서 웃음을 참은 것은 아마 그 때문이었을 것이다. 생선의 등은 연둣빛이었고 반투명한 비늘로 덮여 있다. 수석 주방장은 꼬리로부터 머리까지 칼을 노련하게 좍 막힘없이 긋고는 비늘을 떼냈다. 사람들이 박수 쳤다. 생선의 두 눈은 사전에 제거되어 있었다. 열린 입 안에는 혀가 없었다. 수석 주방장은 생선의 몸체를 열한 개의 접시에 날렵하게 배분했다. 마지막으로 남은 것은 눈이 없는 머리와 등뼈였다.

미래를 위하여 건배합시다!

생선의 뼈다귀 위에서 술잔들이 서로 부딪쳤다.

미래를 위해서, 건배!

한동안 모두 말하는 것을 잊고 생선만 먹었다. 사람들이 삼키는 소리와 도자기와 부딪치는 금속의 소리만 들렸다.

모두 식사하는 틈을 타 나는 한숨 돌릴 수 있었다.

나는 원래 통역 일에 적합하지 않았다. 나는 이 세상 다른 무엇보다도 연설을 싫어했다. 특히나 더 싫은 것이 모국어로 하는 연설이었다.

초등학교에 들어가기 전까지 나는 나를 지칭할 때 언제나 내 이름으로 불렀다. 그건 일본에서 드문 일은 아니다. 초등학교에 들어가자 선생님은 여자아이들이나 남자아이들에게 모두 자기를 지칭할 때 '나

(私, 와타시)'라고 부르라고 가르쳤다. 처음에는 모두가 부끄러워했고 계속 '나'라는 말 대신 자기 이름을 썼다. 그러나 시간이 지나면서 적어도 수업 시간에는 '나'라고 말하려 애를 썼다. 나만 그걸 할 수 없었다. 하지만 사람들이 그것을 알아차리는 것을 원치 않았으므로 다른 사람들과 말을 나누기를 그만뒀다. 나는 엄마하고만 말을 했다. 나는 엄마가 나를 부르듯 나 자신을 계속 내 이름으로 불렀다. 엄마도 나를 그러도록 놔뒀다. 그다음 나는 중학교에 갔다. 나를 '나'라고 불러야 하는 피할 수 없는 상황이 왔을 때 나는 말을 더듬기 시작했다. '나'라는 말은 음절 사이사이에 큰 간격을 두고 조각들로 부서졌다. 내가 드디어 그 말을 해냈을 때 '나'라는 말은 그렇게 보였다. 그때 음절 사이의 공간이 너무 커서, 나라고 말하는 것이 마치 악보를 즉석에서 보고 노래하는 것 같았다.

라이터가 딸깍하고 소리를 냈다. 누군가가 담뱃불을 붙인 모양이다.

얼굴들이 모두 포도주 때문에 불그스레해졌다. 턱

의 근육이 이완되면 분위기 또한 풀어졌다.

　사람들의 입은 열린 쓰레기 봉지처럼 쓰레기들을 쏟아냈다. 나는 그 쓰레기들을 씹고 삼키고 다른 나라 말로 다시 토해내야 했다. 이 말들의 일부는 니코틴 냄새가 났고 다른 것들은 머리 기름 냄새가 났다. 대화는 활기찼다. 모두 내 입을 거쳐 말을 했다. 모든 소리는 내 위에서 압축되었다가 다시 나왔다. 소리의 발자국은 내 뇌 속까지 울렸다. 위 속에 있던 생선 조각들이 메스꺼워졌고 난리를 치기 시작했다. 내 위가 수축했고 말을 더듬기 시작했다. 말을 더듬을 때 나는 기분이 아주 좋아진다. "그그그그것은……." 내 위벽이 알프스 요들송 백파이프처럼 오므라들었다가 음악을 연주하기 시작했다. "그그그것은, 말, 말, 말이에요……." 내가 더듬거린 것이 더 많았는지 웃는 것이 더 많았는지 모르겠다. 그러나 그것은 편안했다. 다른 사람들이 나의 변화를 눈치채고는 너무 놀라 입을 다물었다. 맞은편에 앉은 여자가 곁눈으로 사장을 보면서 나에게 나지막한 소리로 물었다.

"무슨 일 있으세요?"

"잠깐 실례하겠습니다······."

나는 일어나 화장실을 찾았다. 긴 복도는 레스토랑에서 본관 건물로 이어져 있었다. 나도 모르는 사이에 호텔 내부의 미로에 접어들었다. 아무도 보이지 않았다. 문들이 계속 줄지어 있었다. 그중 하나에는 귀부인의 실루엣이 걸려 있었다. 나는 그 문을 열고 안으로 들어가서 바닥에 쪼그리고 앉아 창가 아래에 있는 라디에이터에 몸을 기댔다. 두 눈을 감았다. 내 귓속 저울이 몸을 떨다가 한쪽으로 엎어졌다. 나는 바닥이 없는 계곡 속으로 떨어졌다.

저 멀리서 부스럭거리는 소리가 들렸다. 나는 두 눈을 뜨려고 했지만 몸속에서 눈꺼풀을 찾을 수 없었다. 모세혈관의 쇠창살 뒤에서 나는 아무 얼굴이나 하나 떠올리려 애썼다.

내 목구멍은 바싹 말라버렸고 딱지투성이였다. 입천장과 혀는 서로 딱 달라붙어 있었다. 나는 코를 통해서만 숨 쉴 수 있었다. 이제 우유 끓이는 냄새가 났다. 우유에는 설탕이 많이 들어 있었다. 캐러멜화되는 설탕의 냄새가 났다. 입속이 점차 촉촉해지기 시작하면서 혀를 다시 움직일 수 있었다. 뭔가 부드러운 것이 내 입술을 스쳤다. 혀넙치. 혀넙치 한 마리가 내 입 안으로 미끄러져 들어와 혀와 놀기 시작했다. 처음에는 부드럽게 그러다 격렬하게, 마지막에는 혀까지 물더니 다 먹어버렸다.

내 주위가 밝아지기 시작했다. 베개에 내가 모르는 여자가 앉아 있었다. 그 여자는 적신 수건으로 간간이 내 이마를 훔쳤다. 여자 얼굴의 오른쪽 반에는 화상 흉터가 있었다. 딱딱하게 굳은 화산 용암처럼 보였다. 왼쪽 반은 생각이 깊은 사람이라는 인상을 줬고 사십 대 여인의 아름다움을 간직하고 있었다. 그렇지만 여자가 눈을 끔벅거리면 소녀 같기도 하고 할머니 같기도 했다. 여자는 호텔 직원들이 입는 하늘색 유니폼을 입고 있었다. 그 여자 뒤의 반질반질한 벽에는 찢어진 일과 근무표가 붙어 있었다. 즉 나는 호텔 직원의 방에 있는 것이다. 내가 이마에 놓인 찬 수건을 느꼈을 때 기분 좋은 힘이 내 척추를 타고 올라왔다. 마치 온도계의 수은이 올라오는 것 같았다.

"이제 기분이 좀 나아졌나요? 화장실 안에서 당신

을 봤어요. 도대체 무슨 일을 한 거예요?"

여자는 내 얼굴을 들여다봤다. 눈은 파란 가스 불꽃을 연상시켰다.

잠시 뒤에 그 여자가 말했다.

"이 여자는 내 말을 알아듣지 못하는군."

여자는 유니폼을 벗더니 집에 갈 준비를 했다. 나는 혼자 남고 싶지 않았고 같이 간다고 말하고 싶었지만 내 성대를 찾을 수가 없었다.

여자는 신발을 갈아 신더니 아주 당연하다는 듯이 말했다.

"자, 가요! 우리 집으로 가요. 여기는 너무 불편해요."

우리는 호텔 뒷문으로 갔다. 출퇴근 체크기 앞에서 그 여자는 자기 카드를 찾았다. 여자는 어깨를 움찔하더니 이내 포기했다. 저런 것도 못 찾다니 너무 바보 같다고 생각했다. 안 그랬으면 적어도 여자의 이름은 알 수 있었을 텐데. 그렇지만 원래부터 카드가 없는 사람이고 호텔 직원 행세를 하는 거라면…….

바깥은 이미 어두워져 있었다.

도대체 몇 시간이나 지난 것일까? 여자는 내가 자기 말을 알아듣지 못한다고 말했음에도 불구하고 계속 이야기를 했다.

"화장실 청소를 끔찍하다고 생각하는 사람들이 있죠. 그렇지만 그것이 내가 하는 일 중에 제일 흥미롭다고 생각해요. 반대로 나는 로비 청소가 정말 싫어요. 대부분의 손님은 엉덩이가 비뚤어졌고 왼쪽, 오른쪽 그리고 거의 완전히 불가능한 곳으로 배설물을 내보내죠. 그건 사람들이 너무 오래 사무실에 앉아 있기 때문이에요. 나는 지금 내가 무슨 이야기를 하고 있는지 잘 알아요. 나도 옛날에는 사무실에서 일했으니까요."

사무실이라는 말을 들었을 때 갑자기 처량해졌다. 나는 더 이상 사무실로 돌아갈 수 없을 것이다. 내가 일을 하다 말고 사라졌기 때문이다.

"어떤 사람이 진짜 누구인지 바깥에서는 알 수 없다는 말은 맞는 말이에요. 고위직의 신사들은 궁상스러운 배설물을 남기고, 정말 철두철미한 비서처럼 보이는 여자들은 화장실에서는 너저분하죠. 물 내리는 것을 잊을 정도로 모두 시간에 쫓겨 살기는 하지만요."

빨간불이 켜진 신호등 앞에서 그 여자는 내 팔을 쥐었다.

거리의 다른 쪽에도 사람들이 있었지만 아무도 우리를 보지 않았다. 비록 사람들이 대놓고 보는 것은 아니었지만 항상 나를 바라보는 시선이 존재한다고 느꼈다. 그러나 지금은 내가 투명 인간이 된 것 같다는 생각이 들었다.

그 여자의 집은 호텔에서 멀지 않았다. 오래된 회색 건물의 지하실 창문은 교도소 창문처럼 창살이 있었다. 여자는 앞장서서 어두운 계단을 걸어 내려갔다.

"전기가 들어오지 않아요. 발을 내디딜 때 조심해서 잘 보세요."

문은 닫혀 있지 않았다. 안쪽에서는 어디서 알게 됐는지 몰라도 익숙한 냄새가 났다. 여자는 성냥으로 촛불을 켰다. 어둠 속에서도 의자 하나와 탁자 하나의 윤곽이 대략 드러났다.

바깥이 안쪽보다 더 밝았고 가끔 지나가는 사람들
이 신은 신발을 볼 수 있었다.

천장은 낮았다.

옆의 방에는 좁은 침대가 하나 놓여 있었다.

탁자 위에서 뭔가 움직였다.

검은 쥐 한 마리였다.

쥐는 내가 어렸을 때 길렀던 쥐와 똑같은 얼굴을
가지고 있었다.

여자가 말했다.

"쟤 이름은 곰이에요."

내 쥐는 이름이 '쿠마'였다. 쿠마도 곰이라는 뜻이
었고 그제야 방 안의 익숙한 냄새가 쥐 냄새였다는
것을 깨달았다. 여자는 서랍에서 초를 가져다가 불
을 켰다. 새로운 초가 켜질 때마다 나는 그림자를 하
나씩 더 얻었다. 그림자들은 펄럭거리면서 내 발 쪽
으로 늘어갔다. 짙은 그림자도 있었고 옅은 그림자도
있었다.

여자는 그림자가 없었다. 여자는 손을 내 어깨에 얹더니 물었다.

"마실 것을 드릴까요?"

그러더니 처음으로 미소를 띠고는 말을 했다.

"아 참, 당신은 말을 못 하죠."

그 여자는 어느새 "당신은 내 말을 알아듣지 못해요"에서 "당신은 말을 못 하죠"로 넘어가 있었다. 나는 이제 벙어리가 되어버린 것이 분명했다. 여자는 적포도주를 잔에 따르더니 나에게 줬다. 그렇게 붉은 포도주는 이제까지 한 번도 본 적이 없었다. 완전히 핏빛이었다.

여자는 옷을 벗었다.

"마음 놓고 먼저 마시고 있어요. 나는 먼저 찬물로 몸을 씻어야겠어요."

화상 흉터는 얼굴에서부터 등 전체에까지 뻗어 있었다. 사람들은 피부의 삼 분의 일 이상이 화상을 입으면 죽는다고 말한다. 이 여자는 삼 분의 일보다 훨씬 더 많이 화상을 입었다.

단지 여자의 두 가슴만 하얘서 젖먹이의 엉덩이를 연상시켰다.

여자는 커다란 나무통을 가져오더니 그 안으로 들어갔다. 그리고는 주전자로 차가운 물을 어깨 위에 부었다.

물은 가슴으로 흘러내려 배부터는 두 다리로 나뉘어 흐르다 물통에 모였다. 음모로부터 물통으로 떨어지는 물방울들은 실로폰 소리를 냈다.

나는 추워서 몸을 떨었다.

여자는 다시 물을 길더니 등목을 반복했다. 그것은 등목이라기보다는 뱀의 허물벗기 같아 보였다.

물은 투명한 피부고 그녀의 몸에서 흘러내렸다.

"내가 이걸 하지 않으면 구역질을 잊을 수 없어요. 큰소리를 지르는 대신에 나는 소리를 얼렸다가 떼어내죠."

물통은 그새 거의 가장자리까지 찼다.

여자는 물을 닦아내지도, 속옷을 입지도 않고 그대로 파자마를 걸쳤다.

여자는 냉장고에서 치즈를 가져와 탁자 위에 올려 놓았다.

갑자기 방의 온 사방에서 쥐들이 달려 나왔다. 그림자와 몸체를 서로 구분할 수가 없었다.

여자는 치즈를 주사위 모양으로 잘라서 한 조각 한 조각 나눠 줬다.

"너희들 정말 배고프겠구나."

쥐들은 치즈를 장밋빛 앞니로 받아서 아무 소리도 내지 않고 갉아서 다 먹어버렸다. 쥐들은 배가 부르자 입을 깨끗이 닦더니 등의 털을 정리했다.

여자는 빵을 잘라 나에게 말없이 건넸다. 석탄처럼 바싹 말라 있었다. 자신은 먹지 않았다.

"난 아무것도 더 안 먹어도 돼요."

나는 여자의 말을 이해하기 위해서 그 여자를 가까이 바라봤다.

화상을 입은 반쪽과 다른 반쪽, 그리고 피부 뒤쪽의 뼈로 이루어진 나머지 얼굴은 나에게 세 사람과 마주 서 있는 것 같은 느낌을 줬다.

어지러웠다.

"다른 사람과 같이 뭘 먹은 지 벌써 몇 달이 지났네요. 요컨대 전 사람들을 싫어하는 편이에요."

여자는 나에게 빵을 한 조각 더 줬다.

나는 이것도 받아먹었다.

마치 재를 먹는 듯한 기분이 들었다.

여전히 배가 고팠다. 방은 추웠다.

그 여자는 손바닥을 내 손바닥 위에 얹었다.

"당신도 혼자 사나요? 혼자 살면 전혀 외롭지 않죠.

그렇지만 이 말은 아무에게도 이야기하지 마세요.

그러면 사람들은 그 사람을 죽여버리거든요.

누군가에게 무엇을 이야기한다는 것은 거의 항상 위험한 것입니다. 사람들은 질투를 너무 잘해요."

멀리서 어떤 초보자가 색소폰 연습을 하고 있었다.

"그래서 나는 말하는 것 자체를 관뒀어요.

그게 내가 사무실 일을 그만둔 이유기도 해요.

사무실에서는 입 다물고 있으면 안 되잖아요.

그렇지만 그건 호텔의 일과에서는 전혀 문제가 되

44

지 않아요.

그래도 어떤 이유에서든지 간에 누군가가 입을 다물고 있으면 끔찍한 일들만 눈에 들어오죠. 당신도 눈을 조심하셔야 해요!"

그녀의 눈에는 촛불의 불꽃이 반사되었다. 이 불꽃들은 펄럭거리다 그녀의 눈에서 빨간 열대어처럼 헤엄쳐 나와 귀에서 춤을 추기 시작했다. 그러나 거기에 불꽃은 없었고 귀걸이만 하나 있었는데 빨간 열대어였다.

열대어가 반짝이면 여자 이마의 피부가 빛의 파편 모양으로 날아다니는 것처럼 보였다.

물고기는 마침내 여자의 어깨를 타고 미끄러져 내려와 탁자에 떨어져서 뛰기 시작했다.

소리 없는 외침이 나에게서 터져 나왔다.

그렇지만 귀걸이를 물고서 거기서 도망쳐 간 것은 한 마리의 쥐였다.

귀걸이가 떨어진 촛대가 넘어졌다. 방 안의 다른 초들도 하나하나 넘어졌다. 여자는 움직이지 않았다.

방 안은 더 어두워져 갔다. 나는 초를 찾았다. 밤이
되어갔다.

바깥도 조용했다.

여자의 목소리가 물었다.

"어두워지면 겁이 나나요?"

이미 나는 말하지 않는 것에 익숙해졌다. 이제 볼
수 없다는 사실에 익숙해지는 것도 내겐 그다지 어렵
지 않았다.

더 추워졌다.

아마 불이 꺼졌기 때문일 것이다.

"집주인이 한 달 전에 가스를 끊었어요. 나는 추위
를 더 이상 느끼지 않아요. 추우면 내 침대에 누워도
돼요. 그리고 계속 이야기해요."

여자는 일어서서 내 팔을 잡고는 침실로 데리고 갔
다. 거기는 너무 어두워서 사물의 윤곽도 알아볼 수
없었다. 그 여자가 침대에 누운 내게 덮어준 모포에
서 곰팡내가 났다.

여자의 실루엣은 어둠 속에서 열쇠 구멍 형태로 나

타났다. 뭔가 탄 것 같은 냄새가 났다. 나는 당장 안전한 곳으로 피신해야 한다고 생각했지만, 몸이 따뜻해졌고 다시 피곤해져서 나를 붙잡았다.

"사람들이 죽으면 더는 괴로워할 일이 없다는 말은 틀린 거예요. 사람들은 죽으면 더욱더 동경하는 게 많아져요."

그 여자는 모포 아래 내 가슴에 손을 얹었다.

내 몸은 돌이 되었다.

"자, 눈을 감아."

내가 눈을 감았을 때 사막이 보였다. 완전히 포로로 잡힌 것 같은 느낌이 들면서 움직일 수가 없었다. 그 여자는 남쪽 바람처럼 내 두 가슴을 쓰다듬었다.

"혀를 내밀어 봐. 네 혀 맛 좀 보게 해줘."

침대는 검은 쥐들이 사막을 끌고 가는 썰매로 바뀌었다. 쥐들에게서 날개가 자라 나왔다. 그들은 박쥐가 되었다.

박쥐가 끄는 썰매는 하늘을 날았다.

죽음이 이렇게 편안한 느낌이라니!

이 생각을 하고 있을 때 공포심이 닥쳤다.

나는 소리치고 싶었지만 커다란 손이 나의 입을 막았다.

"소리를 질러서는 안 돼.

너는 벙어리잖아."

숨을 쉴 수가 없어 그 여자를 밀쳐냈다.

여자가 너무 쉽게 나동그라져서 실망스러웠다.

나는 몸을 세워 일어나 여자를 내려다봤다.

다섯 살 난 사내아이처럼 나는 힘이 세다고 느껴졌다.

여자가 말했다.

"나는 혼자서 죽고 싶지 않아."

여자는 내게서 몸을 돌려 훌쩍였다.

여자의 목소리는 내 무릎의 힘을 전부 빼앗아 갔고, 그 이후 내 두 눈이 뜨거워졌는데 마치 불꽃의 막대기가 그 안으로 들어간 것 같았다. 나는 침대를 빠져나와 바닥을 무릎으로 기어가 두 손으로 여자의 등을 쓰다듬었다. 등은 딱딱하고 차서 거북이 등껍질같이 느껴졌다. 그렇지만 내 두 손 아래에서 그녀의 등은 차차 부드럽고 따뜻해져 갔다.

조금 지나 그 여자는 머리를 들고서 말했다.

"이제 집에 갔다가 내일 다시 와! 내일 다시 오면 이걸 돌려주지."

여자는 손안에 든 것을 나에게 보여주었다. 그것은 내 혀였다.

05

나는 집에 돌아와 불을 켰다. 크산더가 전화했던 것
이 기억났다. 방 안에 담배 연기가 자욱했다. 크산더
는 소파에 앉아 담배를 피우고 있었다.

"그 여자는 지금이 몇 시인지 알까요?"

시계를 봤지만 시침이 없었다. 나는 차가운 물로
화장을 지웠다.

"이렇게 늦게까지 일하는 사람은 없는데!"

나는 거울을 보고 입을 크게 열었다. 혀는 없었고
입은 어둡고 깊은 동굴이었다. 사실 크산더는 사진사
가 아니고 독일어 선생이다. 그는 내가 이 도시에 왔

을 때 처음 말을 가르쳐준 사람이다.

그는 사설 학원에서 초보자들에게 개인 교습을 했다. 이 학원의 교육 방법은 아무런 설명 없이 가르치는 것이다. 학생들은 선생님이 말하는 것을 완전히 외울 때까지 모두 다 반복해야만 했다.

나는 크산더와의 첫 번째 만남을 또렷하게 기억하고 있다.

그는 다림질한 청바지와 종이처럼 하얀 셔츠를 입고 있었다.

그러니 그는 마치 고등학생처럼 보였다.

하지만 셔츠의 옷깃 위로 나온 목, 턱, 두 뺨은 자기 삶을 지겨워하는 중년 남자의 피부로 덮여 있었다. 크산더가 내가 가르쳐준 첫 번째 문장은

"이것은 책입니다"였다.

나는 이 문장이 어떤 단어들로 이루어졌는지 알지 못한 채 덩어리로 반복했다.

"이것은 책입니다."

우리가 볼펜과 재떨이를 가지고 같은 문장을 말한

다음 나는 크산더와 사랑에 빠졌다. 적어도 나는 그런 느낌이었다. 말을 가르쳐준 사람에게 나는 그 자리에서 사랑에 빠진다. 크산더가 내 앞에서 해주는 말들을 반복하는 동안 내 혀는 그의 소유로 넘어갔다. 크산더가 담배를 빨면 나는 기침을 하지 않을 수 없었고 내 혀는 불이 난 것같이 아팠다. 크산더는 사물들에게 이름을 줬다. 마치 창조주처럼. 이날부터 '혼(本)'은 '부흐(Buch, 책의 독일어)'라고 불렸고 '마도(窓)'는 '펜스터(Fenster, 창문의 독일어)'라 불렸다.

다음 수업 시간은 이미 간단치가 않았다. 반복의 행운도 끝이 났다. "당신은 일본 여자입니까?"라는 질문을 받으면 나는 "예, 당신은 일본 여자입니다"라고 대답했다.

이 놀이의 트릭은 당신을 나로 바꿔 말해야 한다는 데 있었다. 그러나 나는 그것을 빨리 알아채지 못했다.

크산더는 크게 웃었다. 뻥 터지는 풍선처럼. 나는 웃지 않았다. 나는 그가 말한 모든 것을 반복했다. 단지 그의 웃음만은 반복할 수가 없었다.

이날 우리는 시내로 인형을 사러 갔다. 크산더는 나에게 비단으로 된 일본 인형을 사주었다. 나는 그에게 바이올린을 연주하는 금발의 꼭두각시를 사주었다. 그다음부터 우리는 회화 수업 때 복화술로 이야기했다. 인형들이 말하도록 한 것이다. 인형들은 그때부터 우리의 대화를 삼인칭으로 말하기 시작했다. 바이올린 연주자 인형이 묻는다.

"크산더는 내일 자기 애인을 만날 수 있나요?"

비단 인형이 대답했다.

"안 될걸요. 그 여자는 그럴 생각이 없대요."

그때부터 나는 일인칭과 이인칭의 의미를 이해했다.

그러나 나와 크산더의 관계는 아직까지도 삼인칭으로 머물러 있다.

바이올린 연주자는 비단 인형을 껴안고는 말한다. "그 여자는 어디에 있죠? 그 남자는 정말 걱정을 많이 했는데요."

크산더는 그새 자기 꼭두각시를 다루는 데 아주 능숙해져서 한 손으로도, 곁다리로도 움직일 수 있었다. 다른 손에는 담배가 들려 있다.

"그 남자는 걱정도 많이 했고 혹시 그 여자에게 무슨 일이 생긴 것은 아닌가 하고 생각했는데요."

바이올린 연주자는 그의 날렵한 손가락 끝으로 비단 인형의 화려한 의상을 벗겼다. 벚꽃 색깔의 비단은 허공을 날라 바닥에 차곡차곡 쌓인다. 그러면서 그 옷 색깔은 핏빛으로 변한다. 이제 인형은 머리끝까지 옷을 모두 다 벗었다. 바이올린 연주자는 프록코트와 바지를 벗는다. 바지 안에 성기가 없고 흔들거리는 두 다리만 있다.

아이들 장난감에는 흔히 있는 일이다.

"우리 자투리 천으로 같이 바느질을 하죠. 아무것도 없는 것은 좀 이상하잖아요. 아니면 나무를 잘라 만드는 것이 더 나을까요?"

크산더는 골을 내며 이 제안을 거절했다. 그는 이런 일에 대해서 사람들이 대수롭지 않게 이야기하는 것을 참을 수가 없었다.

"남자와 여자는 그렇게나 완전히 다른데요. 남자

들은 모두 위쪽에서 실을 가지고 조종하는데 여자들은 바로 뒤편에서 움직이잖아요. 남자들은 나무로 만드는데 여자들은 비단으로 만들고요. 남자들은 두 눈을 감을 수도 있는데 여자들은 그럴 수 없고. 이러한 차이들만 있어도 사랑에는 충분하지 않나요."

크산더의 이 설명 덕에 바이올린 연주자는 오늘날까지 제작되었을 때와 같은 몸체를 유지할 수 있었다.

바이올린 연주자가 불안해서 물었다.

"그런데 그 여자는 벙어리가 된 거 아닌지 모르겠어요."

바이올린 연주자 인형은 몸을 떨었고 그의 손발은 캐스터네츠처럼 딱딱거렸다.

"그 여자가 설마 남자가 가르쳐준 말들을 잊어버린 것은 아니겠죠."

우리가 인형은 말을 할 수 없다는 생각을 하지 않은 지 오래였다.

바이올린 연주자가 말했다.

"오늘 이제 그 사람들은 자러 가야 해요. 그러면 내일은 모든 게 다시 달라져 보일 거예요."

크산더는 침대로 갔다. 전화 소리가 밤의 어둠을 쫙 갈랐다.

틀림없이 그 여자일 거야.

크산더가 일어나 전화기 쪽으로 갔지만 나는 그의 팔을 붙잡고 가지 못하게 했다. 크산더는 다시 침대에 누웠다.

바이올린 연주자가 중얼거렸다.

"그 여자에게 분명히 새 애인이 생겼어."

일곱 번이 울린 후에 전화기가 잠잠해졌다. 나는 엄마가 항상 전화가 일곱 번 울린 후에야 수화기를 다시 올려놓았던 기억이 났다. 어쩌면 엄마는 아플지도 모른다. 엄마에게 전화를 해야 할까? 그렇지만 그걸 어떻게 해야 할까? 혀도 없는데.

크산더는 코를 골기 시작했고 나는 손가락을 입에 집어넣었다. 혀는 진짜로 없어졌다.

06

다음 날은 쉬는 날이었다. 식기들이 달그락거리는 소리가 나를 깨웠다. 크산더는 부엌에서 커피를 끓이고 있었다.

나는 거울을 들여다봤다. 여자는 건강하고 힘차 보였다. 사진 속 여자와 완전히 똑같이 말이다. 두 뺨은 복숭아처럼 빛이 났다. 그럴 생각이 없었는데도 두 입술은 미소를 짓고 있었다. 나는 두 눈 밑에 잠이 모자란 흔적을 그려 넣었다. 그리고 흰색 립스틱을 꺼내 입술 위에 덧발라 입술에 핏기가 하나도 없는 것처럼 보이도록 했다.

마지막으로 눈가를 식초로 문질렀다. 피부가 쪼그라들면서 주름이 생겼다.

나는 사진을 찢어버리고 부엌으로 갔다.

크산더는 창밖을 내다보고 있었다.

그의 이름이 내 머릿골 속에서 번개를 쳤고 빠져나오려 했다. 그러나 아무런 목소리도 나오지 않았다. 나는 냉장고에서 우유를 꺼내 데웠다. 크산더는 몸을 돌려 두 손을 내 어깨 위에 올려놓았다. 그는 우유를 보자마자 부엌을 바삐 나갔다. 그는 따뜻한 우유 냄새를 역겨워했다.

바이올린 연주자 인형과 비단 인형은 자기들 인형탁자에 화려한 옷들을 입고 앉아 있었다.

"그 여자에게 어제 무슨 일이 있었어요?"

그는 상당히 오랫동안 대답을 기다렸지만 결국 한숨을 쉬면서 관뒀다.

"그 여자는 이제 그 남자가 가르쳐준 말을 사용하지 않아요."

나는 빵을 잘랐다. 크산더는 먹지 않았다. 그 빵은

맛이 없었다. 내게 너무 신선하거나 너무 촉촉했다. 나는 말라버린 빵을 좋아한다. 석탄처럼 바싹 말라야 했다.

"오늘 그 남자가 여자가 어제 있었던 곳에 같이 가도 되나요?"

나는 고개를 끄덕였다.

우리는 인적이 없이 텅 빈 시내를 지나 호텔로 걸어갔다. 거기서부터 나는 길을 잘 알고 있었다. 뒷문으로 나가서 널따란 길의 신호등을 지나 오른쪽 좁은 골목으로 간다. 아침 햇빛 속에서 낡은 회색 건물의 전면과 보도블록이 밝게 빛을 내고 있었고, 햇빛이 비밀스러운 것은 다 내쫓은 듯했다. 지하실의 창문은 멀리서도 알아볼 수 있었다.

창문에는 유리가 없었고 창살 위로는 거미가 자기 집을 지어놓았다.

나는 몸을 숙여 그 안을 들여다봤다.

검은, 다 타버린, 무너진 물건들만 있었다.

바닥에는 백묵으로 어떤 사람의 형체가 그려져 있

었다. 벽도 모두 불에 그슬려 검은색이었다.

"여기였나요?"

크산더는 놀랐다. 나는 고개를 끄덕였다. 어떤 할머니가 계단을 내려오다가 우리를 의심쩍다는 듯이 봤다.

"여기서 뭐 하세요?"

크산더는 고개로 지하실 방 쪽을 가리켰다.

"저기서 무슨 일이 있었나요?"

"거기에서 한 달 전에 어떤 여자가 불에 타 죽었고 그다음부터는 변한 게 아무것도 없어요. 살인 사건 인지도 조사하더라고요. 사람들은 이 쥐 소굴을 언젠가 싹 치워서 부랑자가 거기에 자리를 잡지 못하게 해야 된대요. 그런데 바로 어젯밤에 사람들 목소리가 다시 들렸어요. 진짜 겁이 나더라고요. 내가 바로 위층에 사니까요."

크산더가 물었다.

"그 여자는 어떤 사람이었나요?"

"한 마흔다섯쯤 됐던 것 같고 혼자 살고 별로 말도 없었어요. 우리는 인사는 했지만 한 번도 서로 말을 나눈 적은 없었어요. 그 여자는 호텔에서 일했다고 하고요. 내 생각에 살인은 아니었던 것 같아요."

"왜 아니죠?"

"그 여자를 죽일 이유가 없잖아요."

"그러면 자살이었나요?"

"혼자 사니까 어쩌면 외로웠겠죠."

"그렇지만 사고였을 수도 있잖아요. 이를테면 그 여자가 담뱃불을 붙였는데 머리카락에 불이 붙었을 수도 있고요."

"그럴 수도 있고. 어찌 됐든 간에 여자 혼자 산다는 것이 좋은 일이 아니에요."

"한 달 전에 일이 있었다고 하셨죠?"

"그래요, 정확히 한 달 전이에요."

집으로 오는 길에 두 눈을 비빌 때 내가 울어서 눈이 젖어 있었다는 것을 알게 되었다. 어떤 가게 쇼윈도에 내 얼굴이 비쳤다. 두 눈은 벌겋게 부어올라서 얼굴은 폭풍이 지나간 정원을 떠오르게 했다.

밤에, 크산더가 잘 동안, 나는 다시 지하실 방에 가

봤다. 멀리서 누군가가 색소폰으로 음계 연습을 하는 것을 들었을 때 나는 달리기 시작했다.

지하실 창문에 희미하게 불빛이 비쳤다.

나는 어두운 계단을 내려가 문을 두드렸다. 문은 아무 소리도 없이 열렸다.

그 여자가 나오더니 나를 껴안았다.

나는 아직도 숨이 찬 상태였다. 숨을 들이쉴 때 몸이 늘어났고 내쉴 때는 다시 조여들었다.

"네가 다시 와서 다행이야. 네가 오지 않았다면 나는 아주 외로울 뻔했어."

방 안에는 모든 것이 전날 밤과 똑같았다. 내가 아침에 봤던 것은 꿈처럼 느껴졌다. 책상 위에는 초 하나가 켜져 있었다. 그 여자는 나에게 적포도주를 한 잔 따라 줬다. 포도주는 피 냄새가 났다. 여자는 나에게 빵도 잘라 줬다. 빵은 말라 있었고 석탄 맛이 났다. 이번에는 빵이 맛있었다. 검은 쥐 네 마리가 와서 빵 부스러기를 가져갔다.

여자가 말했다.

"안개가 얼마나 자욱하게 꼈는지. 도시가 정글 같아."

여자는 내 손등을 쓰다듬었다. 나를 쓰다듬은 자리에 반짝거리는 비늘이 돋아났다.

비늘은 붉은색과 초록색으로 빛이 났다.

여자는 촛불을 불어 껐다.

이제는 오로지 내 비늘만 빛을 냈다.

"내 말 잘 새겨들어. 너 빼놓고는 내 말을 알아듣는 사람이 한 사람도 없어서 너한테 이야기하는 거야."

그 여자의 숨결이 내 얼굴에 밤바람이 부는 것처럼 느껴졌다.

"처음에는 사람들이 모두 네 비늘을 보고 경탄할 거야. 그것 때문에 사람들이 너를 부러워하겠지. 너도 행복할 거야. 그런데 어느 날 갑자기 누군가가 너를 죽여버리겠다고 말할 것이고 그러면 사람들이 느닷없이 모두 너를 미워하기 시작할 거야. 너는 겁이 나겠지. 그리고 네 척추가 약해지면서 더 이상 똑바로 서 있을 수 없게 될 거야. 네 머리는 앞으로 팍 꺾일 거야. 그러면 이미 때는 너무 늦은 거지.

모든 사람이 너에게 돌을 던질 거야.

돌들은 네 머리에서 따다닥 소리를 낼 거야. 나무
북을 두드리는 것처럼.

그러면 너는 그 소리가 네 장례식 기도의 반주라는
걸 알게 되겠지."

여자는 두 손으로 나의 얼굴을 감싸 쥐었다.

뭔가 버스럭거리는 소리가 났다. 그 소리는 나한테
서 자라는 비늘에서 나왔다.

비늘은 차갑고 거칠게 느껴졌다.

여자는 뼈가 앙상한 손가락으로 내 머리카락을 훑
었다. 그때 박쥐들의 날개 치는 소리가 버스럭거리면
서 났다. 머리가 무거워지고 피로가 나를 덮쳤다.

"피곤하지. 내 침대에 누워서 조금이라도 자봐."

이 말을 하자마자 문이 덜커덩거리며 열렸다. 개 한
마리가 짖었다. 두 남자의 크고 검은 그림자가 내게
다가와 나를 바닥에 메쳤다.

나는 소리 없이 비명을 질렀다.

한 남자가 소리 질렀다.

"여기서 뭘 하는 겁니까?"

방이 밝아졌다. 방은 다 타버렸고 텅 비어 있었다. 방 한가운데 내가 누워 있었다.

사냥개가 내 입에서 포도주 냄새를 맡고 이를 드러내며 으르렁거렸다.

개 뒤에 두 남자가 제복을 입고 있었다.

가구들이 없었고 그 여자도 사라졌다.

"신분증!"

덥수룩한 수염이 있는 남자가 말했다. 나는 몸을 일으켰다.

내 옷은 온통 검댕투성이였다.

"이름이 뭡니까?"

나는 검댕을 털어내려고 했다. 덥수룩한 수염이 소리를 질렀다. "당신 내 말이 안 들려요? 내가 이름이 뭐냐고 물었잖아요."

다른 사람이 말했다.

"이 여자는 당신 말을 못 알아들어."

"아픈 것 같기도 하네. 저 얼굴을 좀 봐. 저 여자 귀신 같아 보이잖아."

"난민인가."

"어찌 됐든 그 사건과는 관련 없어. 이 여자 그냥 놔두고 가자."

덥수룩한 수염 경찰이 손에 들고 있었던 경찰봉으로 나의 어깨를 세 번 툭툭 쳤다.

"집에 빨리 가봐. 당신 여기 계속 있으면 사람들이 팔아넘길 거야."

다른 경찰이 이 말을 들었을 때 그는 마치 사이렌 소리처럼 쇳소리로 웃어댔다.

07

"구석부터 시작하세요!"

언젠가 한 번쯤은 그도 자기의 덥수룩한 수염을 단정하게 빗고 양복을 입었을 것이다. 나는 납으로 된 무거운 망치를 들고 그가 손가락으로 가리켰던 그 자리에 떨어뜨렸다.

쥐들이 사방으로 흩어져 도망치기 시작했다. 아주 느렸던 쥐 한 마리는 내 망치에 사정없이 으깨졌다.

키가 큰 경찰은 자기 수첩에 뭔가를 적어 넣었고 수염이 난 경찰은 다른 자리를 가리켰다. 나는 망치를 들어 그가 표시한 자리에 떨어뜨렸다.

너무 느렸던 쥐 한 마리의 척추가 아작하고 부러졌다.

"조준을 더 하라고!"

나는 손수건으로 손바닥의 땀을 훔쳐냈다. 그 남자는 부드러운 목소리로 말했다.

"문 열어봐!"

나는 그렇게 했다. 서로 바싹 붙어 떨고 있었던 쥐들이 엄청나게 많았다. 내가 망치를 들었을 때 쥐들은 모두 밖으로 뛰쳐나갔다.

망치로 내려쳤다. 마지막 쥐 한 마리는 너무나 느렸다. 쥐는 쇳소리를 질러댔다. 소금기가 있는 땀이 눈 안으로 흘러 들어왔다. 그 남자가 가리킨 다음 장소를 겨냥하기 전에 두 눈을 비볐다.

"더 빨리, 더 빨리!"

망치를 들었을 때 나는 망치 무게 때문에 비틀거렸다.

"더 세게, 더 세게!"

나는 우표 소인을 찍는 것처럼 조준해서 한 대 한 대 쳤다. 남은 쥐들의 수는 점점 더 적어졌다. 키가 큰 경찰은 죽은 쥐의 숫자를 자기 수첩에 적어 넣는 것 같았다.

"저기도!"

수염 난 경찰은 자기 머리로 어떤 방향을 가리켰다. 몇몇 쥐들은 방에서 도망쳐 나가려는 듯 문을 긁아댔다. 나는 마지막으로 힘을 내서 망치를 들었다. 손잡이가 젖어 있었다. 망치가 바닥을 치려던 그 순간에 쥐 한 마리가 방향을 틀었다. 이 쥐의 얼굴을 알고 있었다. 바로 불에 타 죽은 여자의 얼굴이었다.

내가 깨어났을 때 두 손과 머리카락은 땀으로 젖어 있었다. 머리카락은 긴 여행을 마쳤을 때처럼 낯선 냄새가 났다.

나는 머리를 감아야 했다. 이 냄새를 씻어 없애버려야 했다. 그러나 욕조가 관처럼 보였기 때문에 나는 부엌에 있는 개수대에서 머리를 감았다.

나는 개수대에 물이 흐르도록 해서 머리카락을 그 안에 집어넣고 마구 흔들었다. 시든 잎사귀, 나비의 날개, 죽은 개미들 그리고 말라버린 도마뱀의 꼬리들이 떨어져 나왔다.

거울 속에 비친 여자, 그것은 내가 아니었다.

그 여자였다.

확실했다.

나는 거울을 돌려놓았다.

이날 나는 기초화장을 하지 않았다.

나는 우유를 데웠고 환자처럼 내 두 다리를 담요로 감쌌다. 신문을 펼쳐서 구인란을 읽어봤다. 그 사건 이후로 더 이상 통역사로 일할 수 없었기에 다른 일을 찾아봐야 한다고 생각했다.

내 비자는 실업자 보험을 청구하지 않는다는 조건으로 발급되었기 때문에 노동청에 가볼 수도 없었다.

"비늘 달린 여자 구함."

어떤 서커스가 비늘 달린 여자들을 구하고 있었다. 이런 기회는 나에게 다시 오지 않을 것 같다는 생각이 들었다. 나는 손가락 끝으로 뺨을 쓰다듬어 비늘이 신선하면서도 꽉 붙어 있는 것을 확인했다. 나는 몸 전체가 비늘로 뒤덮여 있다는 것을 보여주려고 소매 없는 얇은 비단 블라우스와 짧은 치마를 입었다.

서커스 천막은 도시 외곽의 빈 공터에 설치되어 있었다.

이미 거의 점심때였다. 주위는 조용했다.

혹시 사람들 전부 잠을 자고 있나?

천막의 입구에는 '경리부', '맹수부' 혹은 그 비슷한 말들이 적혀 있었다. 마침내 나는 '인사부'를 찾아냈다.

그 안에는 넥타이를 맨, 날카로운 눈빛을 가진 남자가 한 명 있었다.

그에게 신문 광고 때문에 왔다고 말하려고 했지만 내가 혀가 없다는 사실이 떠올랐다. 그 남자는 활짝 웃었다.

"당신은 비늘을 가진 사람이죠, 그렇죠! 우리가 이렇게 빨리 대타를 구할 것이라고는 생각지 않았는데요!

사실 우리의 물고기 인간이 지난주에 유방암으로 죽어서 곤란한 지경에 있었거든요."

첫눈에 그 사람 마음에 든 것 같았다.

"물고기 인간의 가슴은 너무 자주 만지면 안 되는데요. 그걸 알기는 알지만 나랑 친한 작가도 매일 물고기 젖을 마시고 싶어 했어요. 우리 물고기 인간이 죽은 것도 이상한 것은 아니죠."

그 남자가 일어났다.

"우리 소극장을 보여드릴게요."

내가 어렸을 때 무대에서 한 번 본 적이 있었던 외로운 뱀들과 도롱뇽들이 생각이 났다.

이 도시에도 이런 슬픈 소극장이 있었던 것이다.

천막 안은 너무 어두워서 아무것도 보이지 않았다. 여기저기에서 귀신 소리 같은 바스락 소리가 났다. 남자가 불을 켜자 짧은 치마를 입고 사무실 책상 앞에 앉아 서류들을 정리하는 열 명이 넘는 여자들이 보였다. 여자들은 이 남자를 보자 전부 소리를 질렀다.

안녕하세요!

여자들의 입술과 뺨은 너무나 빨개서 금방 두드려 맞은 것처럼 보였고, 여자들의 모습은 여성 패션 잡지에서 툭 튀어나온 것처럼 보였다.

"이 소극장은 우리의 최고 자랑거리입니다."

사실 뱀들과 도롱뇽들은 없었지만 그럼에도 불구

하고 모든 것이 소극장처럼 보였다. 나는 도대체 이 사람들이 왜 비늘 달린 인간이 필요한지 알 수 없었다. 여자들이 나를 보고 미소를 지어주었지만 아무 말도 하지 않았다.

그 남자가 밖으로 나갔고 여자들은 소리를 내지 않고 서로 달려들어 때리기 시작했다.

그들은 나만 가만히 뒀다. 벽 사방에는 구멍들이 많았다. 아마 누군가가 들여다보는 것 같았다.

여자 중 하나가 바닥에 쓰려져 의식을 잃자 다른 여자들이 이 여자에게 달려들어 그녀에게 신부 의상을 입혔다. 결국 온 사방에 신부들이 죽 둘러 누워 있을 때까지 그들은 이 일을 반복했다.

나는 겁이 났다. 나는 기둥 위로 기어올라가 공중 그네에 앉았다.

바깥에서는 술에 취한 남자들의 목소리들이 소리를 지르고 있었다.

"이리 내려와!"

사람들은 나를 관찰하고 있던 것이다.

"인생에서 도망치는 것은 비겁해. 그러니까 이리 내려와!"

누군가가 공중그네 밧줄을 잘라버렸다.

나는 머리부터 추락했고 의식을 잃었다.

내가 다시 정신이 들었을 때 집단 결혼식이 진행 중이었다. 나는 어떤 상 위에 놓인 물고기 접시 한가운데 누워 있었다.

신부들은 그들의 직업을 팽개치고 화장을 지웠고 신랑들은 아주 지친 것처럼 보였다. 여자 중 하나가 일어서서 잔을 높이 공중에 던지고는 선포했다.

"오늘부터 우리는 정직하게 살 것이다!"

"정직하게 산다!"라고 다른 사람들이 따라 외쳤다.

"뭔가 악취를 풍기면 우리는 그것도 말할 것이다! 비늘 달린 여자들은 악취가 난다!"

남자들은 끔찍하게 지친 표정으로 의자에 앉아서 이 행사가 끝나기를 기다렸다.

여자들이 소리를 질렀다. "그리고 우리는 우리의 소원도 말할 것이다. 우리는 돈을 원한다!"

여자들이 서로 건배를 했다.

"자유를 위하여!"

수석 주방장이 손에 큰 칼을 들고 왔다. 그가 자신의 장기를 선보였을 때 모두 박수를 쳤다. 이제 그는 칼로 내 등에서 비늘을 벗겨냈다. 비늘은 벚꽃 눈처럼 공중에 휘날렸다. 피부에서 불이 난 것 같았다. 나는 엄청난 박수갈채 소리를 들었다.

깨어났을 때는 무감각하고 차가운 손가락들을 아래에 깔고 누워 있었다.

나는 꿈이 지나가면 언제나 숨을 내쉰다. 잠을 자는 것보다 더 힘든 노동은 없다.

거울이 뒤집혀 있었기 때문에 나는 화장을 할 수 없었다. 나는 우유를 데우고 부엌 의자에 앉아서 신문을 펼쳤다. 여러 뒤섞인 뉴스들 사이로 어떤 여자 사진이 하나 있었다. 화상 흔적은 없었다.

그 여자는 아주 행복해 보였다. 그리고 추해 보였다.

사진사가 이 사진을 수정한 듯했다. 신문 보도에 따르면 살인 사건이라고도 의심하고 있지만, 후속 수

사를 통해 아무런 단서를 잡지 못했다고 한다. 사람들은 이제 자살로 추정하고 있다. 자살한 여자의 얼굴이라고 일부러 추하게 만들었음이 틀림없다.

사진 옆에 뒤집혀 걸린 거울은 엄마의 이별 선물이었다.

한 달 전 나는 아주 오랜만에 일본에 갔다. 엄마는 공항에 오지 않았다. 전부터 엄마는 비행기의 소음이 도쿄 대공습을 연상시키기 때문에 절대로 공항에 오지 않을 것이라고 늘 말해왔다. 엄마는 이 공습 때 가족을 모두 잃었다.

아주 드물게 하는 비행기 여행이었다. 내가 긴 여행후 드디어 집에 도착해 믿을 수 없는 기억들을 가지고 대문을 두드렸을 때 집 안은 아주 조용했다.

나는 문을 열려고 했다. 문은 닫혀 있지 않았다.

집 안은 어두웠다. 나는 불을 켜고 미닫이문을 옆으로 밀었다. 작은 방은 엄청 커다란 기계 한 대가 차지하고 있었다. 이 기계는 베틀과 자전거를 합쳐 조립한 것이었다. 엄마는 상체를 펴고 마치 장님처럼 허공을 주시하고 있었다.

"오카상, 와타시요. 엄마, 나예요."

나는 오랫동안 일본 말을 하지 않았다. '오카상'이라는 말 속에서 나는 과거의 나를 다시 만났고 '와타시'라는 말에서 나는 나 자신의 동시통역사가 된 느낌을 받았다.

엄마가 표정을 바꾸지 않고 나를 뚫어지게 봤다. 내가 누구인지 모른다는 듯이. 그다음 엄마는 한참 생각하더니 천천히 일어나 말했다.

"아, 너냐?"

엄마의 눈에서 눈물이 두 방울 굴러 나왔지만 얼굴은 여전히 아무 표정이 없었다. 나는 이때 유럽 영화의 한 장면이 떠올랐는데, 거기에서는 엄마와 딸이 재회할 때 서로 포옹을 했다.

그러나 우리는 지금 일본에 있고 여기에서는 아무도 엄마의 몸을 함부로 만지지 않는다. 엄마의 얼굴은 밝게 빛나는 비늘로 덮여 있었다. 나는 말했다.

"엄마 좋아 보여요. 사람들은 엄마가 젊어졌다고 생각할 거예요."

엄마는 손가락으로 이상한 기계를 가리키면서 대답했다.

"내가 매일 운동을 하거든."

엄마는 소매를 위로 걷고는 나에게 근육질의 팔을 보여주었다.

"나는 근육만 생긴 것이 아니고 목에 히스테리 결절이 생겼다. 이것 때문에 아프고 숨 쉬기가 어려워."

나는 히스테리 결절이 무엇인지 몰랐지만 물어볼 용기도 없었다. 엄마가 내 머리카락이 왜 그렇게 가늘어졌는가를 알고 싶어 했을 때 나는 놀라서 머리카락을 잡아 뜯었다.

엄마가 물었다. "어디서 이 붉은빛이 왔지?"

"빛 때문인 것 같아요."

"왜 빛 때문이야?"

"거기에서는 빛이 달라요. 그래서 머리카락도 변했어요."

"그래, 그럴 수도 있겠다……."

엄마는 내 머리카락을 슬프게 바라봤다.

"이 기계는 무슨 기계예요?"

"운동 기계란다. 보디빌딩용이지."

"왜 이런 기계를 사셨는데요?"

"내가 달리 할 일이 없지 않니. 내가 아프거나 네 인생에 방해가 되면 끔찍한 일이잖아. 그래서 매일 운동을 하지."

"그것은 건강을 해칠 거예요."

"어떻게 건강을 해친다는 거냐! 잡지에도 쓰여 있잖니. 근육이 생기면 여성 호르몬이 줄어들고 우울증도 날아간다고. 그렇지만 모든 것이 거짓부렁이지. 숨 쉬는 것도 점점 더 힘들어지니. 히스테리 결절 때문이야. 네가 없으면 나는 말도 점차 잊어버리는 것 같은 느낌이 들어."

나는 엄마의 시선이 내 몸을 죽 훑는 것을 느꼈다.

"왜 너는 그런 아시아인 얼굴을 갖게 됐니?"

"엄마, 말도 안 돼요. 당연한 것 아녜요. 나 아시아 사람이잖아요."

"그런 말을 한 것이 아니다. 너는 낯선 얼굴을 갖고 있어. 꼭 미국 영화에 나오는 일본 사람들 같구나."

나는 방 안을 둘러봤다. 거울이 없었다. 그래서 엄마는 자기 몸에 비늘이 있는 걸 아직 모르는 것 같았다.

"엄마, 요새는 내 옛날 방을 어떤 용도로 쓰세요?" 대답 대신 엄마는 질문했다.

"너는 왜 머리를 자르지 않는 게냐?"

나는 대답하지 않았다.

"너는 왜 머리를 자르지 않는 거야? 사람들이 머리가 길면 저승사자가 잡아간다고들 하지 않던?"

나는 내 옛날 방을 다시 한번 꼭 보고 싶었다.

내가 좋아했던 아이 방의 미닫이문을 열었을 때 곰팡내가 코를 찔렀다. 창문이 없어졌다. 침대 위에는 전쟁터에서 내장을 드러낸 채 죽은 시체처럼 헝겊 인형들이 놓여 있었다. 구석에는 나무 상자들이 층층이 쌓여 있었다. 나는 뚜껑을 열었다. 기저귀와 턱받이, 그 위에 곰팡이가 피어 있었다.

"이게 뭐예요?"

"네 어릴 때 물건들이다."

"왜 이것들을 버리지 않았어요? 전부 다 비늘투성이네."

"곰팡이투성이라고 말하려 했던 것 아니니?"

엄마는 한 번도 뭘 버린 적이 없었다. 전쟁을 겪고 자란 사람은 아무것도 버리지 못한다고 엄마는 늘 이야기했다.

엄마는 턱받이를 손에 들고 뭔가 귀중한 것인 양 쓰다듬었다.

"너는 다섯 살이 되도록 젖을 떼지 못했어. 집에 손님이 왔는데도 네가 젖을 달라고 울어 나를 당황스럽게 만들곤 했지."

나는 엄마의 젖이 기억나지 않았다. 언제 내가 엄마 몸을 마지막으로 만져봤더라?

"내가 의사에게 물어봤지. 의사는 크게 웃더니 너에게 말했어. '여자애들은 그런 짓을 안 한단다.' 손에 들고 있었던 도자기 장난감을 의사 얼굴에 있는 힘껏 내던졌을 때 도대체 무슨 생각을 했던 거니? 너 때문에 그 의사는 부상을 당했고 엄청나게 화를 냈어. 마치 지옥의 영주처럼. 그리고는 소리를 질렀지.

'내가 네 혀를 뽑아버릴 거다!'"

나는 기억이 나지 않았다.

방구석에는 녹슨 새장이 있었다. 거기 안에는 하얗고 가느다란 뼈들이 흩어져 있었다. 십 년 전에 죽은 내 쥐의 뼈다.

엄마는 명랑한 목소리로 말했다.

"그것은 쿠마의 뼈다. 기억나니?"

"그런 거 제발 좀 버리세요."

"얘가 돌아오면 하고 생각했었지……."

"누가 돌아온다고요. 저는 절대 아니겠죠."

"어쩌면 우리 딸이 돌아올 거야. 우리 딸은 성공할 거고 그러면 꼭 돌아올 거야."

"나는 돌아오지 않아요. 그리고 내가 만약 돌아오면 그건 내가 아니라 다른 사람일 거예요."

"너, 너는 누구니?"

"무슨 말씀이세요? 물론 나예요."

"언제부터 네가 너를 그렇게 쉽게 나라고 불렀니?"

엄마는 갑자기 몸을 웅크리더니 울기 시작했다.

"그럼 내가 나를 뭐라고 불러요?"

"왜 너는 그렇게 고집스럽게 말하니?"

엄마는 부러진 피리처럼 울었다.

"엄마, 옛날 생각하는 것은 이제 그만두세요. 우리 차라리 지금 현재에 도움이 되는 걸 생각해요."

"지금 현재? 그게 언제냐?"

"엄마가 울면 엄마 비늘이 더 자라요."

"나는 이제 죽을 날만 기다린다. 너는 직업도 있고 친구들도 있지. 그렇지만 나는 너를 키우려고 모든 걸 다 내버렸단다."

상당히 좁은 어깨를 가진 엄마는 옷 속에서 가라앉는 것처럼 보였다.

"엄마, 나 직업이 없어요."

"넌 언제나 편지에서 네 직업에 대해 자세히 적었 잖니."

"그건 전부 다 제가 지어낸 이야기예요."

"너는 성공할 필요가 없어. 거기에 왜 그렇게 오래 있니? 여기에 있거라. 이제 거기로 가지 말아라."

파리 한 마리가 방 안에 와서 길을 잃었다.

엄마는 파리채로 조준해 때렸고 파리는 벽에 죽은 채로 붙어 있었다.

엄마는 비행기처럼 공중을 날아다니는 것을 모두 증 오했다. 비행기가 나를 데려간 후에 엄마는 혼자였다.

엄마는 시계를 보더니 말했다.

"운동할 시간이다."

엄마의 시계는 시침이 없었다. 엄마는 운동 기 계 위에 앉아서 페달을 밟기 시작했다. 페달은 체인 을 움직였고 체인은 바퀴를 움직였고 이 바퀴는 다 른 바퀴를 움직였다. 마지막에 사람들은 오르간 음 악 소리 같은 것을 들었다. 흔치 않게 이 소리는 높이

도 길이도 없었다. 이 소리는 사막의 회오리바람처럼 저 멀리에서 생겨나서 나를 휘감았고 회오리바람의 원 속에서 돌렸다. 나는 속이 메스꺼워졌다. 축제가 끝난 후 술에 취한 것 같은 느낌이 들었다. 모든 것을 게워내고 싶었다. 그러나 나의 입에서 나온 것은……. 바로 웃음밖에 없었다. 그것은 유쾌했다. 거기에서 뭐라 더 할 것이 없었다. 한 바퀴 돌 때마다 나는 일 년씩 젊어졌다. 앞이나 뒤가 없어졌다. 나는 더 이상 아무것도 볼 수 없었다. 내 무릎이 물러졌다. 내 발뒤 꿈치도 물러졌다. 나는 더 이상 서 있을 수 없었다. 두 입술과 엉덩이가 뜨거워졌다. 나는 갓난아이처럼 소리를 질렀다. 엄마의 질 속으로 빨려 들어가 죽어가는 갓난아이처럼 질렀다. 회오리바람의 검은 구멍으로 사라질 때 소리를 질렀다. 나는 마지막 힘을 다 쥐어짜 엄마를 저주했다.

비늘 달린 여자들아, 죽어라!

그때 나는 비늘 달린 여자로 변했고 나의 질 속으로, 회오리바람의 검은 구멍 속으로 떨어졌다.

사실 나는 통역사가 아니다. 때때로 그냥 통역사를 흉내 내고 있었다. 사실 나는 타이피스트다. 내 혀를 잃어버린 지금 통역사 흉내도 더는 낼 수가 없다. 나의 임무는 이해하기 어려운 말들을 종이 위로 옮기는 데에 한정되었다. 반나절 동안 타이핑을 하면 등이 거북이 등처럼 되었다.

오후에 나는 더 이상 머리를 움직일 수 없었다. 저녁때가 되면 손가락들이 차갑게 식었다. 그럼에도 불구하고 나는 싸구려 수동 타자기 위에서 계속 타이핑을 했다.

글자의 자모음을 달고 있는 타자기 속의 팔들〔독일어로 타자기의 활자대를 '팔들(Arme)'이라 부른다—옮긴이〕, 자판을 누르면 언제나 높이 튕겨 오르는 팔들은 나에게 익사하는 사람의 팔들을 연상시켰다. 한밤중이 되면 나는 아무것도 볼 수 없다. 나는 안 보이는 채로 계속 타이핑을 했다. 나는 점점 더 많은 일감을 받는다. 왜냐하면 귀신들의 목소리를 글자로 옮기는 타이피스트들은 최근 들어 점차 수가 적어지고 있기 때문이다. 물론 잘 시간은 없다. 때때로 나는 타자기 위에서 선잠을 잔다.

다시 깨어나면 나는 속편을 이어 썼다. 사람들은 나머지 인생 동안 내가 내 혀를 그 여자에게 선사했다고도 말할 수 있다. 밤마다 나는 그녀의 목소리를 신경 써서 듣고 그 말을 받아 적기 때문이다.

그래서 나는 크산더가 한 말을 더는 알아듣지 못한다. 그렇다. 나는 이제 내가 크산더 말을 알아들었던 적이 있는가도 기억할 수가 없다.

사실 크산더는 독일어 선생님이 아니다. 그는 목수

였다. 그는 나무로 만들 수 있는 모든 것을 나를 위해 만들어주었다. 이제 더는 내가 일어나지 않는 의자와 내 책상도 크산더가 만든 것이다. 내가 잠이 들면 굴러떨어지지 말라고 크산더는 발뒤꿈치를 두꺼운 못으로 의자에 박아놓았다.

그러나 나는 곧 힘을 다 소진해 버렸다.

지쳐서 안구가 쭈그러들고 심장 뛰는 소리가 머리 안에서 고통스럽게 쭈그러든다. 나는 토해야 했고 빈 위에서 나온 초록색 액체를 내뱉었다.

크산더는 나를 동정해서 침대도 만들어주었다. 침대는 내 몸 크기로 된 나무 상자 모양이었다. 이것은 뚜껑을 닫을 수 있었다. 만약 뚜껑을 닫아버리면 그 안에서는 아무것도 더 볼 수도 들을 수도 없었다.

내가 잘 때 아무에게도 방해를 받지 않도록 크산더는 뚜껑을 못으로 박아버렸다.

다음 날 내 나무 상자는 '석관(Sarkophag)'이라는 이름을 가진 네 발 달린 비늘 새가 되었다. 이 새는 자기 안에 있는 나와 같이 털털거리고 비틀거리면서 서

툴게 뛰기 시작한다. 그다음 새가 속도를 내자, 몸이 뜨거워지고 단단해졌다. 결국에는 목을 뻗어 지상에서 몸을 일으켜 창공으로 날아간다.

우리는 지상을 내려다보며 죽은 자들의 제국으로 날아간다.

지구는 칠십 퍼센트가 물로 뒤덮여 있다고들 한다. 그래서 지구 표면이 매일 다른 모양을 보여주는 것은 이상한 일이 아니다. 지하수는 아래에서 지구를 움직이고 바다의 파도들은 해변을 갉아먹고 위에서는 사람들이 암석을 파괴하고 계곡에다가 논을 만들고 바다를 둘러싼다.

그렇게 지구의 모양이 변해간다.

나는 세계지도를 펼친다. 지도 위에는 물의 움직임이 멈춰 있어서 도시들은 항상 같은 자리에 있는 것처럼 보인다. 도시에서 도시로 그어진 수많은 붉은 선들은 항로와 어망을 보여준다. 사람들은 이 그물에 갇힌 지구의 얼굴들을 매일 지도의 모델에 따라 화장시킨다.

겁을 내는 양 떼처럼 구름은 불안하게 뒤쪽 배경으로 이동한다. 저 멀리에서 전투기들이 많이 보이는데, 그 뒷구멍으로부터 폭탄들이 떨어진다.

마침내 구름은 완전히 사라졌다. 지구가 다시 보인다.

불바다.

유령 스튜어디스가 손에 주전자를 두 개 들고 날아서 지나간다.

"커피 하시겠습니까? 차 하시겠습니까?"

그건 나에게는 아무런 차이가 없다. 왜냐하면 나는 혀가 없으니까. 스튜어디스는 등에 아기를 업고 있다. 아기는 배가 고파 젖을 달라고 운다. 나 역시 우유가 먹고 싶다. 커피도 차도 필요가 없다. 크산더의 목소리가 말한다.

난 따뜻한 우유 냄새를 맡으면 속이 메스꺼워.

이 순간 스튜어디스의 주전자에서 종이처럼 하얀 우유가 흘러 지구를 감싼 전쟁의 불을 끄고 재와 같이 섞여 지구에 스며든다.

전쟁의 불이 완전히 꺼지자 우유는 남은 게 없다.

나는 한 번도 우유를 먹어본 적이 없다.

그 여자의 목소리가 말한다. 그 여자는 이차대전이 끝난 날에 태어났다.

곧 우리는 폐허를 뒤로하게 될 것이다.

사막의 주름들이 보인다.

두 번째 유령 스튜어디스가 지나가면서 묻는다.

"야채 드시겠습니까? 고기 드시겠습니까?"

풀 줄기를 먹든 네발짐승의 골격을 먹든 그건 나에게는 아무런 차이도 없다. 전쟁이 끝난 후 모든 것에서 재 맛이 났다. 사람들은 사막에 공장을 세운다. 작업복을 입은 그 여자는 예쁜 남자와 함께 그 공장에서 잠을 잔다. 그 뒤에는 더 예쁜 남자가 자기 차례가 되기를 기다린다. 그 뒤에는 더욱더 예쁜 남자가 기다린다. 그리고 또 많은 다른 사람들이 긴 줄을 서고 있다. 그러나 다섯 시 종이 울리자 여자는 작업복을 벗어 던지고 서둘러 집으로 가버린다.

태양이 지구 뒤로 달아난다. 어둠 속에서 내 비늘새는 더욱 빨라진다. 지구에서는 촛불 하나의 빛이 보인다. 도시의 사람들이 모두 다 잠든 후에는 그 여자 혼자만이 깨 있다. 그 여자의 머리카락이 하나하나 붓으로 변해 편지를 쓴다.

봉투들 위에는 주소가 없다. 나는 망원경으로 그 편지들을 읽으려고 해본다. 그러나 그 여자가 편지를 다 쓰면 언제나 경찰관이 혼자 잠옷 바람으로 들어와 편지를 가져가 버린다.

그는 편지를 검열하지 않는다.

이 나라에는 검열이 없다.

화장실에는 휴지가 없으니까 모두 편지를 이용한다. 그러고 나면 편지는 더 이상 읽을 수가 없다. 화장실에서 나오는 경찰들은 다들 하품을 한 번 하고 여자에게 권총 한 방을 쏜다. 카메라의 셔터를 누르는 것처럼 아주 쉽게. 그러면 매번 여자의 머리에 구멍이 하나 새로 생겨난다. 그러나 여자는 쓰러지지 않는다.

그 여자가 워드프로세서라도 된 양.

내 귓속 깊숙이 크산더의 조용한 목소리가 들어온다.

"너니?"

나 대신 여자가 대답한다. 크게 소리를 지른다.

"그래, 너야."

그리고 그 여자는 웃음을 참는다. 크산더는 못 들은 것이 분명하다. 더 엄해지는 톤으로 그가 묻는다.

"너 내가 가르쳐준 말 하는 것을 그만뒀니?"

여자는 기침을 하고는 웃는다.

"너는 죽은 여자랑 키스한 거야."

그 여자는 다시 웃는다. 나는 울기 시작한다. 물론 목소리도 눈물도 없이 말이다.

"너는 죽은 여자에게 네 혀를 선물했지."

이때 나는 그 여자가 **석관**이란 이름을 가진 비늘 새라는 것을 깨닫는다.

나는 뚜껑을 열고 밖으로 뛰쳐나온다.

하늘도 땅도 이미 다 끝이 났다. 그리고 여기. 가느다란 풀들의 우주에서 바스락 소리가 나는, 인적 없는 초원이다. 내가 처음으로 자궁을 떠났을 때 같은 감정을 가졌던 것을 기억한다. 나는 모든 힘을 다해 비늘 새의 몸통을 껴안는다. 내 두 팔 속에서 비늘이 작은 바람 종들로 변신한다. 종들이 하나하나 소리를 내기 시작한다. 종들의 날카롭지만 부드럽고, 쓰지만 연약한 소리가 내 뼈 안으로 들어오고, 소리가 노래를 하기 시작한다. 그 소리들 가운데 어떤 힘이 등장하는데, 이 힘은 그 누구의 소유도 아니다.

그때 크산더가 오토바이를 타고 나를 쫓아온다.

이제 그가 나를 막 쳤다. 나는 뒤로 쓰러져 뒤통수가 도로의 아스팔트에 부딪힌다.

"너는 너만 잘 지내면 괜찮다고 생각하니? 그 여자를 도울 생각은 없어? 그 여자는 우산과 사랑이 필요해."

공장 연기를 품고 있는 회색 비가 떨어지기 시작한다. 비늘 새는 고통스러운 소리를 내지르고 나는 우산을 그 위에 펼친다. 비는 내 머리카락을 적셔 무겁게 만들고 뿌리를 느슨하게 만들어 뽑는다. 내 머리카락을 그렇게 가느다랗게 만든 것은 빛이 아니라 비다.

경비원이 확성기로 조심하라고 경고한다. 많은 벌거벗은 남자들과 여자들이 회색 비 속에서 샤워를 하고서는 국도의 한가운데에 눕는다. 여기 출신이 아닌 여자들만 수건으로 몸을 감싸고 도로 가장자리에 앉아 있다.

크산더는 무거운 칼을 내 손에 쥐여주고 말한다.

"저것들을 무장에서 벗겨내.

벌거벗고 자유로워지도록.

삶을 사랑할 수 있도록 말이야!"

크산더의 말을 이해하려고 노력할 때 나는 시험을 볼 때처럼 신경을 곤두세운다.

"너는 사랑이라는 외국어의 의미를 우산이라는 외국어의 의미처럼 잘 알아들어야 해. 야만인들만 이 단어를 모르지."

완전히 동의하며 나는 고개를 끄덕이고 칼을 비늘에 꽂는다. 바람 종들이 입을 다무는 모습이 마치 쪼그라든 피범벅 자두들이 도로 위에 떨어지는 것 같다.

비늘 새는 죽었다. 그러나 칼은 쉬지 않고 공중에서 어지럽게 춤을 추고 내 오른쪽 눈을 찌른다.

안구의 거죽이 자두의 껍질처럼 찢어지고 내부에서 놀랍게도 빨갛고 연약한 것이 솟아 나온다.

10

사춘기의 소녀들만 거울이 없으면 화장을 하지 못한다. 성숙한 여자들은 거울이 필요하지 않다. 피부가 있는 곳은 만져서 알 수 있기 때문이다. 사람들은 손을 뻗어 어디에서 이 세계가 끝나는지를 느낀다. 거기가 내 피부다. 피부는 이 세계를 저 세계와 떼어놓는 막이다. 나는 피부가 투명해질 때까지 특별한 화장을 한다. 물론 얼굴만 문지르는 것으로는 충분하지 않다. 얼굴만 보이지 않으면 몸은 목이 잘린 것처럼 보이기 때문이다. 그래서 나는 그 어떤 곳도 무시하지 않는다.

피부가 마침내 투명해지고 나면 그 뒤에서 저 죽은 여자의 형상이 나타난다.

나는 항상 자러 가기 전에 화장을 한다.

내가 집에서 나가지 않으면 그들이 이상하다고 여기며 묻기 때문이다.

"너는 애인도 없니?"

그러나 나는 너무나 오래 잠을 자기 때문에 집 밖으로 나갈 시간이 없다.

매일 밤 그 여자는 내 피부를 통과해 이 세계를 방문한다. 나는 그 여자를 볼 수가 없다. 전등이 고장 나서 방이 어둡기 때문이다. 나는 그 여자 목소리를 들을 수가 없다.

나는 뼈가 떨림을 계속 전달하는 것을 느낄 수 있을 뿐이다. 그다음에 나는 숨을 멈추고 뼈의 떨림에 집중한다. 음악이 될 수 없는 소리, 아니다, 소리가 될 수 없는 진동이다.

아침에 그 여자가 가버렸고 나는 침대에 오래 누워 있었다. 진동의 여운이 완전히 멈추면 나는 일어나야 할까 하고 자문해 본다. 밖은 이미 어두워졌다. 나는 목욕탕으로 들어가 조심스레 화장을 하고 다시 침대로 간다.

"어떤 일을 하십니까?"

사람들은 모두 내가 자지 않을 때 무엇을 하는지를 궁금해하고 이제까지 내가 치른 시험들과 논문들의 제목을 알고 싶어 한다. 마치 내 이력서에 그것들을 기록해 죽는 날짜를 위한 자리를 확보하려는 것처럼 말이다. 그러나 죽는 날짜로 시작하는 이력서도 있어야 한다. 나는 혀가 없기 때문에 통역을 할 수가 없고 저 여자가 말한 것을 쉽게 이해할 수 있도록 번역을 할 수도 없다. 글자들을 잊어버렸기 때문에 나는 이제 타이피스트도 아니다. 글자들은 모두 똑같아 보인다. 녹슬고 구부러진 못들처럼 보인다. 그래서 나는 이제 다른 사람들의 시조차도 베낄 수가 없다. 나는 이제 분명히 사진 모델이 아니다. 왜냐하면 나는 사진 위에서 더 이상 보이지 않기 때문이다.

나는 투명한 관이다.

경계의 안팎으로 사유하는 이야기

『목욕탕』은 다와다의 언어관, 세계관의 특징을 잘 드러내는데 그 방법에 있어서는 소설이라는 형식을 적극 활용한다. 현실 세계에서는 불가능한 많은 일들이 언어 구성물인 소설 속에서 가능하기 때문인데, 특히 작가는 언어 간의 균열과 차이에서 자주 자신의 새로운 생각들을 출발시키고 계속 발전시켜 나간다. 이미 '소설(Roman)'은 발생학적으로도 황당한 모험 이야기며 현대에는 현실과 초현실을 넘나드는 꿈의 서사로 기능하기 때문이다.

작가는 소설 속에서 경계를 다양하게 문제시한다. 사실 세상의 인식은 경계를 설정하는 것에서 출발한다. 이것은 '무엇은 무엇이다'라는 정체성의 구조와도 관련된다. '무엇이 무엇이다'의 정체성은 '무엇은 무엇이 아니다'와의 구별을 통해 보다 쉽고 분명하게 이루어지기 때문이다. 예를 들어 화학의 세계는 무궁무진할 것이나 크게 유기화학과 무기화학으로 나눠볼 수 있다. 일단 개념상으로 경계를 딱 지어놓으면 둘의 차이가 분명해지고 각 개념은 차이를 통해 유효한 실체로 다가온다. 그런데 정말 그럴까? 무기화학과 유기화학의 경계가 유기와 무기의 기, 즉 생명을 기준으로 한다면 생명체인 인체에 있는 혈액의 주요 성분인 철분은 어디에 속할까? 경계 긋기는 정체성 파악에는 많은 이점을 가져다주지만 과연 경계가 존재하는지, 경계가 실제로 둘을 갈라놓는지, 아니면 경계에서 둘은 차라리 만나고 섞이고 비슷해지지 않는 것인지, 도대체 왜 경계를 나누는지 등등 우리는 많은 질문을 계속 던지게 된다. 줄리아 크리스테바는 이러한 경계 긋기의 체계를 유린하는 것을 '비체(abject)'라고 부르며 비체에 대한 혐오 뒤에서 작동하는 사회와 문화의 권력의 존재와 분류의 의도를 문제시했다.

다와다는 이러한 경계에 대한 질문을 신기하게도

사람 혹은 사물, 지구 등의 몸(육체)을 가진 대상을 상대로 던진다. 몸도 피부와 살, 골격 등 다양하게 문제시한다. 몸의 끝단이라고 할 수 있는 피부는 빛에 따라 변하기 때문에 우리가 흔히 생각하듯 나와 외부 세계가 만나거나 나와 세계의 분리를 확정해주는 분명한 경계가 되지 못한다. 또한 살은 그 안의 구성 성분인 수분 등에 따라 시시각각 변한다. 주인공은 공룡 뼈로 된 모래로 세수하면서 자신의 얼굴을 만져보며 얼굴 안쪽에 느껴지는 자신의 두개골을 더듬는다. 그리고 이를 빛에 따라 변하는 피부, 수분에 따라 변하는 살에 이은 또 하나의 몸이라고 부른다. 몸은 다와다의 세계에서는 이미 하나의 단수(單數)가 아니라 복수(複數)인 것이다.

빛으로 된 피부와 물로 이루어진 살 이외에 또 하나의 몸이 있었다. (13쪽)

이처럼 경계를 관찰하면서 결국은 그 본체를, 혹은

105

본체를 이해하는 방식을 문제시하는 것이 다와다 특유의 경계를 대하는 방식이다. 이런 방식은 계속 이어진다. 다와다가 특정 사물이나 사람의 정체를 사고하는 방식은 고정되거나 불변하는 고체적 사고가 아니라 변화하고 움직이는 액체적 사고다. 액체는 물처럼 유동적이고 흐르는 것이며 가변적인 것이다. 인체의 모습도 피부 밑에 있는 다양한 액체에 따라 늘 바뀐다.

인간의 몸은 팔십 퍼센트가 물로 이루어져 있다고 한다. 그래서 거울 속에 매일 아침 다른 얼굴이 나타나는 것도 이상한 일은 아니다. 이마와 뺨의 피부는 매 순간 그 아래에서 흐르는 물의 움직임에 따라, 달라지는 늪의 진창과 그 위에 발자국을 남기는 인간의 움직임처럼 변한다. (7쪽)

이러한 유동성에 대한 인식은 인체의 해석에만 해당하는 것이 아니다. 인간이 사는 세계, 인간을 둘러싼 세계, 물리적인 지구에도 해당한다.

지구는 칠십 퍼센트가 물로 뒤덮여 있다고들 한다. 그래서 지구 표면이 매일 다른 모양을 보여주는 것은 이상한 일이 아니다. 지하수는 아래에서 지구를 움직이고 바다의 파도들은 해변을 갉아먹고 위에서는 사람들이 암석을 파괴하고 계곡에다가 논을 만들고 바다를 둘러싼다. 그렇게 지구의 모양이 변해간다. (92쪽)

위에서 언급된 "암석을 파괴하고 계곡에다가 논을 만들고" 지구의 모양을 변하게 만드는 예는 작품 속에 구체적으로 나오는데, 독자들이 전혀 예측지 못한 방향인 고대의 전설에서 나온다. 우리는 '문화(culture)'라는 어휘가 라틴어 '경작하다(cultura)'에서 출발해 이것이 현대의 문화와 문명으로 발전한 것을 알고 있다. 다와다도 어원적으로 보면 거의 일치하는 상황을 언어로 묘사하고 있으나 그 사례는 사람들의 상상을 훨씬 뛰어넘으며 그것을 다루는 방식은 매우 다와다식이다. 소설에서 이는 '경계 인간'의 기상천외한 노력으로 설명되는데, 이 방법은 경계를 다루고

허무는 또 다른 방식이라 할 수 있다. 즉 서로 다른 영역에 속하는 두 물체/인체를 경계에서 접목하기 때문이다. 이것은 경계를 허무는 방식이 아니라 어쩌면 근본적으로 경계를 다르게 이해하는 방식일 수도 있다.

인간과 물고기를 가르는 경계가 무엇일까? 대표적인 것이 바로 비늘이다. 그러나 독일어로 비늘을 뜻하는 단어 'Schuppen'은 물고기의 비늘뿐 아니라 인간의 머리 비듬, 그리고 피부 위의 비듬(때)도 가리킨다. 이는 일본어도 마찬가지다. 즉 둘의 같은 근원을 가리킨다. 피부는 각각의 동물들에서 다르게 진화해 왔고 그들의 현재를 분류학적으로 구분 짓는다. 그러나 물고기와 인간의 경계는 언어 관찰을 통해 근본으로 거슬러 올라가고, 그곳에서 다른 진화 형태를 새롭게 접붙이면 소설에서와 같은 비늘 짐승, 비늘 인간, 비늘 새의 모습도 가능하다.

일본 고대의 전설은 엄마라는 이름을 가진 여성의 가슴 아픈 추방기와 아들을 위해 다시 사회로 받아

들여지기 위해 목숨을 건 눈물겨운 노력을 담고 있다. 이 엄마는 가난한 마을에서 임신 중 혼자 물고기를 먹은 죄로 몸에 비늘이 생기는 벌을 받고 추방된다. 물고기가 된 엄마는 자기 때문에 마을에서 손가락질을 받는 아들을 위해, 또한 자신의 죄와 마을 사람들의 단죄 원인이 된 마을의 기근을 없애기 위해 자신을 희생해 바위를 깨서 논으로 만든다.

> 엄마는 큰 비늘로 뒤덮인 몸을 시도 때도 없이 암석에 들이받았고 결국 암석은 차츰차츰 부서졌다. 밤이고 낮이고 엄마는 몸뚱이로 쉬지 않고 암석을 들이받았다. 들이받을 때 떨어져 나온 비늘들은 피 묻은 벚꽃이 날리듯 하늘에서 춤을 췄다. 바로 이 때문에 벚나무 한 그루 없는 이 마을이 '벚꽃 마을'이라 불리게 되었다. (10쪽)

작가는 이미 마을 이름의 기원을 추적하면서 독자의 상상과 전혀 다른 슬픈 전설을 소개한다. 아름다운 이름 '벚꽃 마을'의 기원은 벚꽃 그 자체와 관련이 없고 오히려 마을에서 추방당한 경계 인간 엄마의 비참함, 희생, 고통과 죽음으로 거슬러 올라간다. 엄마는 결국 비늘이 없는 매끈한 인간의 몸을 다시 가지는 대신 피를 너무 많이 흘려 죽고 만다.

　이 배척당한 경계 그룹을 상징하는 비늘은 고대 전설에만 해당하는 것이 아니다. 현대 독일에 살고 있는 주인공의 현실과 연결된다. 처음에는 이 주인공이 모국 일본의 비늘 짐승 전설을 회상한다. 주인공은 자신의 피부와 머리에서 이 비듬(Schuppen)을 발견하고 제거하고자 한다. 그는 목욕탕의 욕조로 가서 몸을 물에 불리고 때를 밀어내 투명하게 만든다. 즉, 경계는 두 가지 방식으로 문제시된다. 인간의 피부 경계에 있는 비듬은 제거되고, 화장으로 투명하게 만들어 경계를 보이지 않게 하려 한다. 이렇게 경계를 문제시하고 경계를 허물거나 넘는 행위는 결과적으로 주인공을 다른 세계로 이끌게 되고 주인공은 의식적으로 혹은 무의식적으로 이를 알고 있다. 그러자 주인공은 더 이상 욕조로 가지 못한다. 이제 욕조는 관을 연상시키기 때문이다. 투명 화장도 죽은 여자를 보여준다. 고대의 경계 인간 엄마의 비참한 죽음처럼 경계를 문제시하는 것은 경계 너머를 보게 되는 것이다.

> 나는 머리를 감아야 했다. 나는 이 냄새를 씻어서 없애버려야 했다. 그러나 욕조가 관처럼 보였기 때문에 나는 부엌에 있는 개수대에서 머리를 감았다. (71쪽)

> 피부가 마침내 투명해지고 나면 그 뒤에서 저 죽은 여자의 형상이 나타난다. (100쪽)

주인공에게 비늘이 경계를 상징하듯 많은 사물은 이미 삶과 죽음의 경계를 가리킨다. 추방되고 배제된 전설의 주인공은 비늘 짐승만 있는 것이 아니다. 한 여자는 밤마다 머리카락이 뱀으로 변해 엄청난 양의 밥을 먹는다. 이를 들킨 여자 역시 죽을 수밖에 없다. 이 전설은 다시금 현대의 주인공과 연결되고 주인공은 자신의 머리카락을 보며 "머리카락이란 피부가 죽어 경화된 부분이라고 이야기한다. 내 몸 중 일부는 그러니까 이미 죽은 것이다"(15쪽)라고 말하며 삶과 죽음이 맞닿아 있음을 인식한다. 이후 주인공은 불에 타 죽은 여자에게 혀를 빼앗긴 뒤 자신도 비늘 짐승이 되었다가 투명해지고 관으로 변한 침대 속에서 하늘을 난다. 후반부의 초현실적 세계와 달리 이미 상당히 구체적이고 현실적으로 형상화되었던 작품의 초반부 세계 안에서도 일반적 사물이 죽음을 암시한다. 작품 처음에서 핏기 없는 주인공의 얼굴을 비추는 거울이 그중 한 가지 예다.

거울의 액자 틀은 내게 관의 틀을 연상시킨다. (8쪽)

작품 후반부에서는 주인공이 자는 침대가 관으로 변해버린다.

다음 날 내 나무 상자는 '석관(Sarkophag)'이라는 이름을 가진 네 발 달린 비늘 새가 되었다. 이 새는 자기 안에 있는 나와 같이 털털거리고 비틀거리면서 서툴게 뛰기 시작한다.

(91~92쪽)

초반기의 벚꽃 전설에 나왔던 경계 인간인 엄마는 작품 마지막에서 일본에 두고 온 주인공의 엄마와 다시 연결된다. 생명의 시작으로서 어머니는 생명의 끝인 죽음과 연결된다. 모든 어머니에게 자식이 짐이듯 자식을 위하는 모든 어머니는 자식에게 마음의 짐이자 멍에다. 현대의 어머니는 자식의 모든 것을 버리지 않은 채 간직하고 있고 자신을 떠나간 자식에게 짐이 되지 않고자 운동을 하고 있다. 어머니는 그 징표로 비늘을 가지고 있다. "엄마가 울면 엄마 비늘이 더 자라요"(86쪽)라는 주인공의 발화에서 어머니 ― 희생 ― 비늘 인간 ― 비늘 새 ― 죽음은 모두 이어져 있다는 것을 알 수 있다.

이런 지점에서 소설 속에서 반복되는 다와다의 정

체성 놀이 '~이다'의 유희를 이해할 수 있다. 주인공과 주변 인물들의 정체성은 '나는 ~이다'지만 이는 지속적인 다시 쓰기를 통해 번복되는 것이다. '나는 모델이다', '나는 통역관이다', '나는 타이피스트다', '나는 딸이다' 등등……. 남자 친구나 지하실에서 죽은 여자의 경우도 마찬가지다. 결국 이 모든 변화와 변모는 정체성의 유동성을 가리키고 그 끝은 바로 죽음이다.

> 이때 나는 그 여자가 석관이라는 이름을 가진 비늘 새라는 것을 알았다. (96쪽)

죽음을 가리키는 많은 사물과 공간은 계속 변화하다가 마지막 문장 "나는 투명한 관이다"(101쪽)로 남는다. 다와다가 이제까지 경계를 없애려는 시도들이 경계를 문제 삼고 없애고 투명하게 만드는 것, 죽음으로 넘어가는 것, 그리고 사물과의 경계를 넘는 것이었다면 마지막 문장은 모두가 종합된 결과인 것이다.

* * *

나는 1990년대 말에 홍익대의 한 학회에서 다와다 요코를 처음 만났다. 이중 언어로 글을 쓰는 세 명의 독어권 여성 작가들이 초청된 학회였다. 그때만 해도 다와다는 특이한 작품 세계 때문에 일부 독일 평론가들로부터 주목받고 있었지만 아직 널리 인정을 받지는 못한 상태였다. 2000년대 초 독일에 가서 우연히 작가를 다시 만나고 기회가 될 때마다 작가의 낭독회를 다니면서 점차 더 관심이 가다가 수업을 위해 일부 작품들을 번역했다. 2010년 대산문화재단이 초청한 국제 행사에 다와다가 초청되면서 한국 문단에서 주목을 받게 되고 최초의 문학작품 번역 출판이 이루어졌다. 출판된 두 작품은 내가 번역한 것으로 『목욕탕』과 『영혼 없는 작가』였다. 이 두 작품은 한국에서 큰 반향은 없었지만 좋은 평을 받았고, 특히 작가들에게 주목을 받고 있었다. 2023년 현재 다와다 요코의 작품은 전 세계적으로 많이 읽히고 있고 한국에서도 일본어 작품들이 속속 번역되고 있다. 한 작가가 성장하는 지난 삼십 년을 지켜보면서 이 작가를 국내에 처음 소개했다는 보람이 참 크다.

번역의 판본은 1989년에 나온 초판본 『Das Bad』를 사용했다. 2018년에 작가는 독일어뿐만 아니라 일본어 본문이 동시에 실린 새 판본을 출판했다.

목욕탕

초판 1쇄 발행 ㅣ 2023년 5월 10일
초판 2쇄 발행 ㅣ 2023년 10월 30일

지은이 ㅣ 다와다 요코
옮긴이 ㅣ 최윤영

발행인 ㅣ 홍은정

주 소 ㅣ 경기도 파주시 심학산로12, 4층 401호
전 화 ㅣ 031-839-6800
팩 스 ㅣ 031-839-6828

발행처 ㅣ ㈜한올엠앤씨
등 록 ㅣ 2011년 5월 14일
이메일 ㅣ booksonwed@gmail.com

* 책읽는수요일, 비즈니스맵, 라이프맵, 생각연구소, 지식갤러리,
  스타일북스는 ㈜한올엠앤씨의 브랜드입니다.